AF295420

Eine Kaffeegrundsatzentscheidung

Der zweite Selbstversuch Sinnfreiheiten oder Sinn frei auf Papier zu bringen

von

Hartmut Felber

Impressum

© 2023 Hartmut Felber
Umschlag, Illustration: Anette Felber

Druck und Distribution im Auftrag des Autors:
tredition GmbH, Halenreie 40-44, 22359 Hamburg, Deutschland

ISBN
Paperback   978-3-347-80886-7
Hardcover   978-3-347-80890-4
e-Book   978-3-347-80892-8
Großschrift   978-3-347-80900-0

Danksagung

Ich danke meiner Tochter Freya für die Unterstützung, welche sie mir zur Entstehung dieses Buches zuteilwerden ließ. Meine Zeichenanwendung hat sie berichtigt und ausdrucksstarke Hinweise gegeben.

Ich danke meiner Frau Anette für die Erfüllung des Wunsches vieler Leser des Buches "Vom Gefühl eine Sektflasche zu sein" jede Geschichte im nächsten (diesem) Buch zu illustrieren.

Ich danke weiterhin meiner Nichte Anka für die abschließende Korrekturlesung. Dieses Buch ist mithin ein Familienprojekt.

Inhalt

Ein Wochenanfang und kein Sex mit einer Ohrenärztin

Üblicherweise beginnen die meisten Menschen ihre Woche mit dem Montag. Ich habe mich diesen Meistermenschen angeschlossen und beginne meine Woche ebenfalls mit dem Montag.

Montagfrüh halb sechs Uhr fühle ich mich an mein Bett gefesselt. Das Messer zum losschneiden befindet sich unleider außerhalb meiner gedanklichen Reichweite.

Dank moderner Technik versucht ein Nachrichtensprecher mir das Messer zu reichen. Nein, nicht in echt, nur mit Worten durch die Mattscheibe. Er berichtet darüber, wer und was so alles in den letzten vierundzwanzig Stunden über unsere Erde getrumpelt ist. Bei dem Gehörten fällt mir eine lyrische Wortfolge ein, welche ich unlängst irgendwo in den Weiten des Internets entdeckt habe. Leider hat sich der Autor nicht namentlich zu erkennen gegeben. Ich zitiere also diesen unbekannten Autor, dessen Worte so unheimlich gut zu dem Bericht des Nachrichtenmannes passen: "In des Geistes Dunkelheit weht ein Hauch von Dämlichkeit."

Langsam finden Gedanken wieder Einzug in meinen Körper, vornehmlich in meinen Kopf. So überlege ich, wann wohl die beste Zeit zum Aufstehen wäre:

- wenn die Bettstarre den Bestatter schon auf den Plan gerufen hat und dieser mit einem Bandmaß vor meinem Schlafplatz steht,
- wenn das Klo die glückverheißendste Einrichtung zu sein scheint,
- wenn mein Chef anruft und mich fragt, ob ich nach fünf Tagen Abwesenheit nun endlich mal auf der Arbeit erscheinen will.

Eigentlich will ich nicht. Da es aber das Wort "eigentlich" eigentlich nicht gibt, möchte ich natürlich auf Arbeit erscheinen wollen müssen. Vielleicht könnte ich ja heute mal ein Arbeiterdenkmal sein, also einfach mal nur an Arbeit denken. Das würde vielleicht schon reichen, mir jedenfalls.

Mit gemochter und gemusster Willenskraft und ganz uneigentlich erreiche ich dann doch meinen Arbeitsplatz. Eigentlich ist heute kein Sprechtag, dennoch erreicht eine antwortbedürftige Kundin mein Arbeitszimmer. Sie fragt höflichkeitshalber, wie es mir geht. Ich verstehe die Frage als umfänglich gestellt und frage meinerseits nach, was sie denn am meisten interessiert. »Möchten sie wissen, wie es mir finanziell geht oder eher sexuell oder eher mein Familienleben oder mein Arbeitsleben oder meine Hobbys?« Soweit kommen wir aber nicht, da sie nicht wissen will, wie es mir sexuell geht und schnell das Thema wechselt. Ja, ich weiß, sie hat Höflichkeit gezeigt und ich das ganze Gegenteil. Das jedoch nicht grundlos.

Hätte sie mich gefragt, wie es mir gesundheitlich geht, hätte ich ihr vorgejammert, dass ich nun schon seit zwei Wochen Ohrenpein habe. Warum ich noch nicht beim Arzt war? Na ich sage mir: Was allein kommt, geht auch allein."
Aber manchmal sage ich zu mir selbst nicht die Wahrheit.
Ich fahre eine Stunde früher von der Arbeit los und begebe mich auf den Weg zur Ohrenärztin. Angekommen erklärt mir die Patientenanmeldekraft, dass heute keine Sprechstunde mehr stattfindet, weil der Computer kaputt ist. Ohne Computer gibt's keine Behandlung. Warum ich nicht heute früh gekommen bin, wollte die Patientenabwimmelkraft wissen. Auf diese sehr intime Frage will ich ihr keine Auskunft geben. Allerdings denke ich, sie meint, warum ich die ohrenärztliche Sprechstundenzeit nicht schon in der Vormittagszeit genutzt habe. Ich erkläre ihr, dass ich da gearbeitet hätte. Sie meint, dass der Computer heute früh ebenfalls noch gearbeitet hätte, da hätte ich auch behandelt werden können. Ich gebe ihr die verbale Information, dass ich einen Arzt benötige und keinen Computer. Diese Worte machen weder den Computer heile, noch kann ich die der Ohrenärztin vorgeschaltete Patientenfilterservicemitarbeiterin überzeugen mich zwecks Behandlung der Ohrengöttin zuzuführen.

Au..
Au..
REZEPTION

Vor mich unschöne Worte daher brabbelnd, entferne ich mich und begebe mich auf einen zehn Kilometer langen und mit langsam fahrenden motorbetriebenen Blechkisten zugestopften Weg zur nächsten Ohrenärztin. Dort angekommen, zeigt mir die Patientenanmeldekraft viele Karteikarten. Offensichtlich wäre hier ein Computerausfall kein Problem gewesen. Sie meint, die Karteikarten müssten alle noch vor mir behandelt werden und das würde dann sehr lange und damit zulange für mich dauern. Ich solle doch morgen früh wiederkommen. Aber vielleicht habe ich ja im Krankenhaus noch Glück. Auf der Suche nach Glück stellen sich mir verschiedene Barrikaden in Form von Umleitungsschildern und roten Lampen in den Weg. Ich kam pünktlich am Krankenhaus an. Pünktlich neun Minuten nach Ende der Sprechzeit. Um das festzustellen, muss ich den Parkzeitabkassierautomaten noch mit einem Euronen befriedigen. Ich bin jedoch nicht befriedet. Meine Frau empfängt einen genervten Fernruf von mir. Per Wissensübertragung möchte ich von ihr Kenntnis erlangen, ob sie noch eine Ohrenärztin kenne. »Ja« meinte sie, »sogar in unserem Heimatort.« Die Ärztin hätte sogar jetzt Sprechstunde, wenn sie nicht gerade Urlaub hätte.

Es ist Abend. Die Ohrenschmerzen lassen sich nicht durch einen Error schreibenden Computer, durch massenhaft ausgebreitete Karteikarten, durch Erreichen des Sprechzeitenendes oder durch den Anfang der Urlaubszeit besänftigen. Ich habe jetzt zwei Möglichkeiten: entweder ich ertrage den Schmerz mannhaft ohne Jammern und ohne Nachtschlaf und sitze am nächsten Tag mit Schmerzen und viel Müdigkeit hinter meinem Bildschirm oder ich bin schwach und entscheide mich für die Pille. In einem Psychologieforum finde ich ein tolles Argument für die Pille, nein, für meine Schwäche: Wenn Menschen Schwäche zeigen, zeigen sie, wer sie wirklich sind. Und da Authentizität normalerweise als sehr sympathisch empfunden wird, haben es solche Menschen auch einfacher, tiefe Verbindungen zu anderen Menschen aufzubauen.

Ich würde gern eine funktionierende Verbindung zu einer Ohrenärztin aufbauen.

Flotte Blomster

Was sind flotte Blomster?

Sind das vielleicht irgendwelche Geistwesen, welche sich mit erhöhter Geschwindigkeit fortbewegen? Ein Blomstermonster hätte doch sicherlich schon vom Namen her eine erschreckende Wirkung. In dem Geisterjägerfilm kam die Wortkombination jedoch nicht vor und die Erschaffer hätten sicher daran gedacht, diese Geisterform in dem fachlich fundierten geistreichen Filmwerk über Spukerscheinungen nicht zu vergessen.

Sind flotte Blomster möglicherweise schnelle Insekten? Die Beantwortung dieser Frage könnte gegebenenfalls durch einen Test erfolgen. Was würde passieren, wenn ich zu meiner Frau sagen würde: »Ich habe Dir flotte Blomster mitgebracht?« Ob sie dann gleich mit Insektenspray bewaffnet anrücken würde? Eventuell sind es auch rasant arbeitende Versicherungsvertreter, die gegen die gefährliche Blomsterkrankheit Versicherungen verkaufen. Es wäre auch möglich, dass es sich dabei um ein Wetterphänomen handelt. Unwetterwarnung: »Es kommt am heutigen Tag zu schnell heranziehenden Blomsterstürmen.«

Um das Rätsel der flotten Blomster zu lösen, benötigt man einen Großneffen, der selbige in seinem Garten hat. Ob diese Blomster gefährlich sind, weiß ich nicht. Ich glaube aber, eher nicht. Der besagte Großneffe ist wegen Nor in ein nördliches Land gezogen und hat die Sprache gelernt, zu der der Begriff »Blomster« gehört und außerdem findet er die Blomster schön. Also werden sie so gefährlich nicht sein.

Übersetzt in die deutsche Sprache, bedeutet dieser Begriff »Blumen«. Sind Blomster nun schnelle Blumen, die kurz mal hier sind und dann gleich wieder da oder dort? Das Eigenschaftswort »flott« könnte diese interessante Assoziation herbeiführen. Für Botaniker wären Schnellwanderblumen oder Flugblumen sicher eine Erforschung wert. Mir sind noch keine solche floristischen Wunderwerke der Natur begegnet. Wer aus dem Fenster schaut, in der Hoffnung schnellfliegende Blumen zu erblicken, wird wohl ewig schauen müssen oder eine ausgeprägte Fantasie oder einen frechen Nachbarn haben, der überwachsenden Disteln ein paar kostenlose Flugsekunden spendiert.

Ich gab die beiden Begriffe »flotte Blomster« in ein Übersetzungsprogramm ein. Das Programm erkannte die Worte als der norwegischen Sprache zugehörig und übersetzte sie mit: »Schöne Blumen«.

Ich werde in Vorbereitung des nächsten Frauentages ein Blumengeschäft besuchen und mit der Frage: »Haben Sie flotte Blomster und kann ich mir Ihre mal anschauen?« testen, ob die Verkäuferin der norwegischen Sprache mächtig ist oder ob sie mir eine knallt.

Grammatik, Phonetik und andere sprachliche Absonderlichkeiten

Um nicht mit meinem umfassenden Nichtwissen zu prahlen, werde ich jetzt versuchsweise Kompetenz simulieren.

In der Schule hatte ich in dem Lehrfach Deutsch meist eine Drei. Meine unterrichtende Person meinte, für eine Vier würde es nicht reichen. Als ich die Schule verlassen musste, gab mir meine Lehrerin dann doch noch eine Zwei mit auf den weiteren Lebensweg, sozusagen als Trost. Von einer Abikalypse wurde ich verschont. Das mit dem Lesen ging ganz gut, aber Grammatik und Rechtschreibung - so naja. Also hervorragende Voraussetzungen für einen späteren Autor. Die beiden letztgenannten Schuldoofmachpflichtübungen sind nicht mal logisch erklärbar. Eins plus eins ist nämlich nicht gleich zwei, sondern zwei Zahlwörter und ein Adverb. Plus ist also kein Tätigkeitswort, sondern ein Umstandswort. Wieso ist Plus eigentlich ein Umstand? Wenn es ein Adjektiv, also ein Eigenschaftswort wäre, könnte man sagen: „Ich bin heute so plussig!" Sagt man so? Ich glaube, nein. Also plus ist demnach keine Eigenschaft. Dagegen ist tausend Euro plus tausend Euro auf meinem Konto ein positiver Umstand. Daher ist Plus ein Umstandswort.

Durch eine meiner beruflichen Entscheidungen bin ich Lehrer geworden. Da konnte ich den Kindern wenigstens mein ganzes Nichtwissen beibringen. Davon war genug vorhanden. Wenn ich damals schon an die Zukunft gedacht hätte, wie die wohl gewesen sein würde.

Hier ein nettes Beispiel für die Zeitform Futur II: „Ich werde gestorben sein." Eine ganz blöde Sache ist das. Das hört sich so abgeschlossen an. „Ich werde in der Zukunft gestorben sein." Das hört sich so vollendet an. Daher nennt man diese Zeitform wohl auch die vollendete Zukunft. Das Wort »vollendet« wird hier wirklich nicht im positiven Sinn verwendet. Jedenfalls für mich nicht.

Nehmen wir ein schöneres Beispiel: „Ich werde im Lotto gewonnen haben." Wenn dieser Lottogewinn schon vollendet ist, also zukünftig, kann ich dann mit dieser an sich schon vollendeten Zukunft jetzt in der Gegenwart zum Autohändler gehen und mir von meinem im zweiten Futur liegenden Gewinn ein Auto kaufen? Mal probieren, ob der Autohändler Grammatik kann.

Als weitere Zeitform erkiese ich das Präsens, die Gegenwart. Gegenwärtig wird dieses wunderschöne Wort »erkiesen« wohl nicht mehr verwendet. Die Vergangenheitsform »erkoren« kennen sicher einige. "Ich habe diese Frau zu meiner Ehegattin erkoren", ist eine Wortfolge, die man noch ab und zu hört. Womit sich nun auch die Bedeutung des Wortes erklärt.

In diesem Fall eine perfekte Gegenwart. Ob das eine perfekte Tat war, muss jeder, auf den diese Aussage zutrifft, für sich selbst beantworten. Wer sagt hingegen: „Ich erkiese diese Frau zu meiner Gemahlin"? Meine bisherigen Hörerfahrungen ließen mich jenes noch nicht zu Ohren kommen. Im Übrigen ist es eine ganz starke Sache. Nein, ich meine nicht die Anstrengung die liebholde Ehefrau über die Türschwelle zu tragen, sondern das Verb ist stark. Also sowohl »erkiesen« als auch »tragen«, denn wer sagt schon: "Ich tragte meine Frau über die Türschwelle." Das wäre ein schwaches Tätigkeitswort und das geht gar nicht, also ganz und gar nicht.

Für das Tragen braucht man schon Kraft. Nun sind wir schon bei der vollendeten oder vergangenen Gegenwart gelandet, dem Perfekt. Ob die soeben begangenen Taten alle perfekt und vollendet waren, ist jedoch nicht gewiss. Wieder ein Beweis dafür, dass Grammatik nicht logisch ist.
Vielleicht ist Phonetik ein besseres Ding.

Man könnte bei dem Begriff darauf kommen, dass es etwas mit Ton und Ethik zu tun hat. Wenn jedoch aus meinem Mund solche aneinander gereihten sprachlichen Laute, wie »Du Arsch« rauskommen, bin ich mir nicht sicher, ob das so ganz ethisch ist.

Sprachliche Absonderlichkeiten findet man in sogenannten Phishing-Mails. Das Wort Phishing wurde von unseren Altvorderen noch nicht benutzt. Es ist ein neues Wort abgeleitet von dem englischen Wort »fishing« also angeln. Da man mit Phishing-Mails nicht ans Wasser geht, werden damit keine Fische geangelt. Ich vermute, dass damit Menschen gefischt werden sollen. Solcherart Mails kommen oft aus dem Ausland, daher liest sich der ins Deutsche übersetzte Text manchmal etwas merkwürdig. Beispielsweise das Wort: »eintasten«. Da frag ich mich doch, was will der Absender von mir? Wohin will sich der oder die denn eintasten? Da kommen mir so ein bis zwei Gedanken, die jedenfalls nicht jugendfrei sind.

In der Welt der Dialekte sind sprachliche Absonderlichkeiten reich vertreten. Wer weiß, was ein Rachenschieber ist? "Liebe Erzgebirgler, Ihr seid jetzt mal bitte ruhig." Ist das vielleicht der Holzspatel, den der Hals-Nasen-Ohrenarzt einem zwecks Untersuchung in den Rachen schiebt? Weit gefehlt. Es ist ein Rechenschieber. Aije, was ist nun wieder ein Rechenschieber? Jedenfalls kein Mensch, der einen Rechen vor sich herschiebt. Also liebe junge Generation, mit einem Rechenschieber konnte man in grauer Vorzeit manuell Rechenoperationen ausführen und das ganz ohne Batterie oder Solarpanel und Chips und Plastikkasten drumherum.

Das Wort »Erdrückungsverluste« als Substantiv gibt es in der Massentierhaltung von Schweinen. Wie heißt dann selbiger Effekt beim Fahren in einer übervollen Berliner U-Bahn mitten im Sommer unter Einfluss verschiedenster Duftstoffe? Könnte man den Verlust infolge des Erdrückt-werdens also auch auf Menschen anwenden? Schließlich sind sich Schweine und Menschen recht ähnlich. Bei einigen Menschen merkt man dies sehr deutlich. Schweine haben Augen und Ohren, Menschen ebenso. Schweine haben Köpfe und Schwänze, Menschen sind manchmal kopflos und dass mit den Schwänzen trifft nur auf einige menschliche Wesen zu. Dieses Problem ist echt erdrückend und führt dazu, dass ich weiterer Gedanken dazu verlustig bin.

Über den semantischen Holismus, von dem ich so gar keine Ahnung habe und nicht mal irgendetwas weiß, referiere ich dann beim nächsten Mal.

Die Zeit

Prolog

Zu einem guten literarischen Stil gehört, dass man ein Wort möglichst wenig in einem Text wiederholt. Wer also Wert auf Stil legt, sollte hier sein Lesen beenden. Das Wort »Zeit« kommt in der folgenden Geschichte mehrfach vor, also eher viel bis ganz viel mehrfach. Verwendbare Synonyme sind eher nicht vorhanden oder unpassend oder hat schon mal jemand von einem Äramesser oder Momentpuffer gehört? Prologende

Ich habe mich unlängst einer Körperinneresfotografiermaschine als Model zur Verfügung gestellt. Für eine Reparaturmaßnahme an mir bräuchte ich so eine Aufnahme, wurde mir von einer Mitarbeiterin der betreffenden Menschenganzmachwerkstatt mitgeteilt. Mein Weg führte mich zu einer Einrichtung, welche sich Radiologie nennt. Eigentlich wollte ich gar kein Radio kaufen, sondern mich fotografieren lassen. Die nette Anmeldedame meinte jedoch, dass ich hier richtig sei, ich solle aber etwas Zeit mitbringen. Na das hätte sie mir ja auch am Telefon sagen können, dann hätte ich mir noch irgendwo welche besorgt. Nun überlege ich, wie und wo man denn die Zeit herbekommt. Ist das abgepackte Kiloware oder wird sie eher in Literflaschen abgefüllt? »Ich hätte gern zwei Liter Zeit.

Wieviel kostet das?« Den Begriff »Zeitstrecke« habe ich auch schon vernommen. Eventuell wird Zeit auch als Meterware verkauft?

Gehe ich mit meinem Wunsch nach Zeit in den Supermarkt oder eher in eine Drogerie? Es gibt da so einen Ausspruch: »Die Zeit verrinnt wie Sand zwischen den Fingern.« Ist die Zeit also Sand? Als Beweis dafür wurde sogar ein Film erschaffen: »Der Sand der Zeit«. Außerdem gibt es Sanduhren, mit denen man die Zeit abmisst. Vielleicht sollte ich dann doch besser zum Baumarkt gehen und mir dort ein oder zwei Tüten Zeitsand besorgen. Ob allerdings die Anmeldekraft so erfreut darüber wäre, wenn ich ihr einen Sack mit sechzig Liter Zeitsand auf den Tresen lege, na ich weiß ja nicht.

Ich werde wohl mal ein Zeitgeschäft aufsuchen, um dort fündig zu werden und wenn es dort Lose zu kaufen gibt, habe ich mit etwas Glück auch noch einen Zeitgewinn.

Jedoch habe ich die Zeit auch schon in einem Zeitungsladen gesehen. Zumindest war dieses Wort auf ein Stück Papier gedruckt. Ob das Papier jetzt wirklich die Zeit ist oder nur vorgibt die Zeit zu sein, dass ist mir nicht bekannt. Ich bin da eher skeptisch.

Während meiner neugierigen Recherche wurde ich gewahr, dass das Thema Zeit ein ganz großes ist. Philosophen streiten sich über das Wesen der Zeit. Unter einem Wesen stelle ich mir immer etwas Lebendiges vor. Da es die Zeit schon eine ganze

Weile gibt, könnte es auch ein Urwesen sein. Daher vielleicht auch der Begriff »Uhr« als Zeitmessinstrument. Das »h« hat man sicher nur der Schönheit halber eingefügt. Um mehr über das Wesen der Zeit zu erfahren, sollte ich vielleicht in eine Genossenschaft eintreten. Ob ich als Zeitgenosse zeitweise mehr Wissen über die Zeit anhäufen kann, wäre interessant herauszufinden. Außerdem könnte ich mir noch eine Lupe, zwecks Untersuchung, anschaffen. Mit dieser Zeitlupe könnte ich viel zeitintensivere Betrachtungen anstellen. Möglicherweise entdecke ich dann, ob es einen Unterschied zwischen einer Uhrzeit und der Urzeit gibt und welcher jener ist. Am besten ich befrage Zeitzeugen zu diesem Thema. Mal sehen, ob ich irgendwo auf einen Zeitreisenden treffe, der mir aus erster Hand über die Urzeit ohne »h« berichten kann.

Kulinarisch gesehen spielt die Zeit auch in der Küche eine Rolle. Ich kenne zwar so einigermaßen das Rezept für Kartoffelpuffer, aber für Zeitpuffer sind mir die Zutaten nicht bekannt. Wer es kennt, bitte an mich weiterleiten.

Physiker haben sich zur Messung der Zeit die Sekunde ausgedacht. Also wenn es nach denen geht, müsste ich dann vielleicht einhundertachtzig Sekunden Zeitsand im Verkaufsgeschäft verlangen. »Zeit ist kostbar«, wurde mir mal gesagt, als ich zu spät zu einem Treffen kam. Ich glaube es war ein Treffen mit einem Zahnarzt. Wenn Zeit so kostbar ist, kann ich mir bestimmt auch nicht mehr als einhundertachtzig Sekunden leisten. Wieviel Euronen die wohl kosten werden? Auf der Rechnung meiner Autoreparatureinrichtung stand, dass 3600 Sekunden siebzig Euro kosten.

Mir wurde auch schon öfter gesagt, ich könne mir die Zeit sparen. Aber wo soll ich dann die angesparte Zeit aufbewahren? Muss ich mir deshalb noch einen Zeittresor anschaffen oder reicht die Sparbüchse? Vielleicht gibt es auch eine Möglichkeit die angesparte Zeit bei der Sparkasse auf ein Zeitkonto einzuzahlen. Da steht ja auf dem Eingangsschild nicht Geldsparkasse. Die Schalterangestellt sitzt sicher hinter ihrem Zeitfenster. Dann hätte ich dort ein Zeitguthaben und hätte sicher eine Zeitkarte zwecks Abbuchung. Die Zeit sollte an diesem Ort vor Zeitraub sicher sein. Immerhin wird sie von Zeitsoldaten bewacht.

Juristen überlegen, ob sie eine Gesetzesinitiative starten sollen. Es gibt hier tatsächlich noch eine Lücke bei der Strafverfolgung von Räubern, welche Zeit stehlen. Mir ist noch kein Gericht bekannt, welches jemals einen Zeiträuber oder -räuberin wegen dieser Tat verurteilt hat. Wenn solche zeitraubenden Menschen erfolgreich waren, ist es auch nicht verwunderlich, dass manche Menschen keine Zeit mehr haben. Über solche Zeitdiebe wurde schon in »Momo« roman- und filmhaft berichtet. Andere Personen sind wiederum so reich an Zeit, dass sie es sich leisten können, sie dekadent zu verschwenden. Ein ordentlicher Zeitplan könnte möglicherweise von Hilfe sein.

Dann gibt es noch die sogenannten Zeitnehmer. Sie nehmen sich die Lebenszeit anderer Menschen und oftmals fällt diese Tat zusammen mit der Wegnahme von Arbeitskraft. Allerdings werden die Benommenen meist mehr oder weniger mit Geld entschädigt. Daher kommt sicher auch der Ausspruch »Zeit ist Geld«.

In der Grammatik wird die Form der Zeitwörter als Tempus bezeichnet. Das bedeutet wohl, wenn ich Tempo mache, dass die Zeit wie in einem Druckbehälter komprimiert wird. Das würde durch den Ausdruck: »Ich stehe unter Zeitdruck« bestätigt werden.

Ob als Zeitform auch die Saure-Gurken-Zeit zählt, wäre noch zu erkunden. Also doch in den Supermarkt gehen und ein Glas saure Gurken holen? Während ich diese essen würde, hätte ich eine Saure-Gurken-Zeit. Da es unterschiedliche Zeitformen gibt, wurde offensichtlich der Begriff des »Zeitunterschiedes« geprägt.

Die Psychologen untersuchen die unterschiedliche Zeitwahrnehmung der Menschen. Für manche Menschen vergeht die Zeit wohl langsamer oder schneller als für andere. Ob das damit zusammenhängt, ob sie ihre Uhr nicht richtig aufgezogen oder eine neue Batterie eingesetzt haben? Vielleicht sollten sich die Psychologen mal mit Uhrmachern unterhalten, um das

Thema zeitaufwendig zu vertiefen. Sollte sich daraus ein Streit entzünden, so bezeichnet man die Beteiligten als Zeitzünder. Ich überlege nun, ob ich der nette jungen Anmeldekraftdame auch euronisches Geld geben könnte. Dann könnte sie sich die Zeit, die sie von mir haben wollte auch selbst kaufen. Ob in Litern, Kilogramm, Metern, Sandsäcken oder Sekunden wäre mir dann vollkommen egal. Ob ihr das gefällt oder nicht, wird der Lauf der Zeit mit sich bringen.

Epilog
Ende der Lesezeit dieser zeitfressenden oder zeitwerten Zeit-geschichte.

?
Uhr
Ur
Zeit
Sand
Zeit
??
Zeit ist
Geld
Zeit-
druck
Zeit Lupe
??

Gammelfleischskandal

Ich bin jetzt in einem Alter, da sollte ich nicht mehr beim Fleischer einkaufen gehen. Ich möchte ja nicht, dass am nächsten Tag etwas von einem Gammelfleischskandal in der Zeitung steht. Das mit dem Gammeln habe ich schon mehrere Jahrzehnte geübt und einige Profession darin erlangt. In irgendetwas muss man ja gut sein. Ich wollte schon als Kind Gammler werden. Das habe ich zumindest der Mutter meiner ersten Freundin erzählt. So richtig mit Bluejeans, khakifarbenem Parka, wildledernen Tramper und langem Haar - selbstverständlich alles Made in GDR[1]. Ich glaube, als potentieller Schwiegersohn kam ich dann nicht mehr in Frage. Heute muss ich manchmal hören, dass Jugendliche eine Ü-30-Party als Gammelfleischparty bezeichnen. »Na, ihr werdet schon sehen«, denke ich mir dann. »Auf solch einer Party werdet Ihr früher tanzen als euch lieb ist.«

An mir bemerke ich mit zunehmender Zahl der Kerzen auf der Geburtstagstorte auch eine Zunahme der Begrenzung meines Körpersystems gegen das Außenmedium bei konstantem Volumen. Man könnte auch sagen, ich bekomme Falten. Auch wenn eine solche Oberflächenvergrößerung ein wichtiges Funktions- und Entwicklungsprinzip in meiner Biologie ist,

---

[1] Abkürzung für German Democratic Republic, englischer Name der Deutschen Demokratischen Republik

könnte ich durchaus auf diese Wichtigkeit verzichten. Um dem Ganzen entgegenzuwirken, wäre es möglich, dass ich gleichzeitig mein Volumen vergrößere. Allerdings hat das auch einige negative Begleiterscheinungen. Irgendetwas ist eben immer. Aber was das ist, kann ich mir in meinem Kopf nicht immer merken.

Manchmal frage ich mich, ob meine Zerstreutheit eine Folge des Älterwerdens ist, oder ob ich schon immer so vergesslich war und ob es mir Trost spendet, wenn mir auch jüngere Menschen Geschichten ihrer Vergesslichkeiten erzählen.

In Zeiten, in denen ein Termin den anderen jagt, kommt es schon mal vor, also bei mir, dass ich den zweiten Gedanken vor dem ersten denke und dabei Dinge tue, die sich einer näheren intelligenten Betrachtung eher entziehen, um nicht als total blöd eingestuft zu werden. Nur beispielhaft und leider nicht abschließend im Folgenden einige Hab-ich-mal-vergessen-Episoden.

Es begab sich eines schönen Wintertages, dass ich während eines Besuches bei einer Freundin dort angekommen, höflichkeitshalber vor dem Betreten der Wohngemächer meine Straßenschuhe ausziehen wollte. Mit ein wenig Verwunderung bemerkte ich auf dem Weg von zu Hause zu ihr, dass ich einen kalten und einen warmen Fuß hatte. Sind halt unsymmetrische Durchblutungsstörungen, dachte ich mir. Beim Ausziehen der

Schuhe offenbarte mir ein Blick nach unten eine seltsame Erscheinung. Ich hatte einen Winterschuh und einen Sommerschuh an. Glücklicherweise in annähernd gleicher Farbe. Die Wundertüte war geöffnet: Deshalb hatte ich also einen warmen und einen kalten Fuß.

So eine Irrung kann schon mal vorkommen. Mal ja, aber welche Zahl steht vor dem Mal?

Eine andere Situation: Zwei Gegenstände hatten, nur um mich zu ärgern, ihren Platz vertauscht. Der Rasierapparat lag auf meinem Nachttisch und das Handy im Bad. Mit smarten Phones kann man zwar schon allerhand anstellen, zum Rasieren eignen sie sich nach der von mir gewonnenen Erfahrung jedoch nicht. Auch der Rasierapparat ließ sich nicht überreden eine fernmündliche Verbindung zu meiner Tochter herzustellen. »Hallo Google oder Alexa oder Klaus, egal wie du heißt, verbinde mich mit meiner Tochter.« Der Rasierapparat antwortete nicht.

Neulich bewegte ich meine Füße und den ganzen Rest dazu in ein Geschäft, welches Stoffhüllen für Menschen verkauft. Ich stellte fest, dass ein von mir als anziehbar erachtetes Hemd mit der Bezeichnung »slimfit« von der Verkäuferin als für mich nicht so anziehbar bezeichnet wurde. Gut, dass die Verkäuferin nicht auf ihren Umsatz, sondern auf das Unterlassen von lästerlichen Reaktionen meiner Umgebungspersonen bedacht war.

Bezugnehmend auf slimfit und meinem Körper habe ich mich schon gefragt, warum meine Angebote für eine Manstripshow unbeantwortet bleiben, wenn ich mein Alter nenne. Ich meine bei genügend Dunkelheit würde man die Altersflecken gar

nicht mehr sehen, allerdings alle anderen Kleinigkeiten auch nicht.

Nach meinem erfolglosen Shoppingerlebnis schlenderte ich hemdsärmelig über den Parkplatz zu meinem Auto. Es war ein wunderschöner, warmer Spätherbsttag. Eine Jacke brauchte man da wirklich nicht. Selbige hing leger über meiner Schulter. Da sprach mich ein älterer Herr an: »Na, als junger Mann haben Sie ja noch Hitze.« Ich schaute mich um, keiner weiter mehr da, den er gemeint haben könnte. Ich sagte: »Jung war ich mal vor vierzig Jahren.« Es entwickelte sich eine kleine Diskussion darüber, wer denn wohl nun älter wäre. »Ist das jetzt ein Wettkampf«, dachte ich. Wer älter ist, hat gewonnen? Nach dem Austausch unserer Geburtsjahrgänge wurde schließlich klar, dass er doch so etwa achtzehn Jahre älter war als ich. Die Betrachtung des Alters auf die Jugend ist eben doch relativ.

Der Mond ist immerhin circa dreihundertvierundachtzigtausend Kilometer entfernt von der Erde. Ganz schön weit finde ich, zumindest zu laufen. Ob ich diese Strecke in achtzehn Jahren schaffen würde? Ich müsste dann jeden Tag achtundfünfzig Kilometer zurücklegen. Laufend eher nein, daher habe ich mir auch ein Automobil angeschafft. Ich will aber damit weder zum Mond noch ganz schnell achtzehn Jahre älter werden. Jedoch auch nicht in Folge plötzlichen Ablebens ganz schnell gar nicht älter werden. Wenn ich mir zu unserer Begegnung noch einen zwanzigjährigen jugendlichen Menschen dazu denken würde, wäre ich der Mondmensch und der Zwanzigjährige der Marsmensch. Zum Mars ist es wesentlich weiter als zum Mond - relativ betrachtet. Ich denke, solche tiefschürfenden, Herrn Einstein sicherlich beeindruckenden Betrachtungen über die Relativität des Alterungsprozesses, haben wir uns in dem kurzen Gespräch nicht gemacht. Eigentlich haben wir nur schmal getalkt. Leider vergaß ich ihn zu trösten und ihm zu sagen, dass man vor dem Alter ja gar nicht so viel Angst zu haben braucht, weil: es geht ganz schnell vorbei - relativ betrachtet. Ob ihn diese Worte allerdings tatsächlich Trost gespendet hätten, weiß ich nicht.

Als Mondmensch könnte ich jedoch in meinem Raumanzug, ohne meine Alterungserscheinungen offenbaren zu müssen, beim Fleischer unerkannt einkaufen gehen. Ich befürchte allerdings, dass es am nächsten Tag auch darüber eine Pressemitteilung geben würde: »Irrer Kostümierter aus der Anstalt entflohen!« oder »Die Faschingszeit wurde verfrüht eingeläutet« oder es würde Alien Alarm ausgelöst werden. Wenn ich statt des Raumanzuges meinen Parka anzöge, welcher seit dem vorigen Jahrtausend im Keller beheimatet ist, erhält die Story von dem Gammelfleisch die geruchsmäßige Bestätigung.

Da war doch noch was, irgendetwas, aber was?

Ich glaub', ich hab's vergessen.

Upgrade

Dieser Titel soll die jüngere Generation anlocken. Mit upgraden kennen sich computerbegeisterte, zumeist jüngere Menschen aus.

Wenn ein Personalcomputer in die Jahre kommt, müssen nicht nur die Programme aufgefrischt werden, sondern auch die Grafikkarte, der Prozessor, das Mainboard und und und. Zusammen mit den erforderlichen zwei Lüftern passt das dann nicht mehr in das Gehäuse. Also auch noch ein neues Gehäuse. Das Stromzuführkabel ist noch gut.

Auch Oldtimer müssen sich ab und zu upgraden. Jenes selbst vorzunehmen birgt gewisse Risiken, soweit es sich nicht auf Äußerlichkeiten beschränkt. Daher verwendet man lieber eine Reparaturwerkstatt. Jetzt komme ich ins Aktualisierungsspiel. Das betrifft allerdings nicht ein paar Chips und Chaps in meinem Personalcomputer, sondern mich als menschliches Wesen höchstpersönlich.

Vollkommen überraschend stellte ich während einer seltenen Phase der Selbstbetrachtung fest, dass die Zeit, die ich brauchte um einen Kilometer Wegstrecke zurück zu legen immer länger wurde oder vielleicht ist ja auch der Kilometer länger geworden. Die Bewältigung dieser Entfernung mit meinen Füßen, Beinen und was sonst noch dazu gehört, würde ich als

Erschwernis bezeichnen. Die Sache mit der Zeit muss ich berichtigen. Die Zeit wurde verständlicherweise nicht länger, nur die Anzahl der viertel Stunden für die Überwindung der 1000-Meter erhöhte sich.

Die Abnahme der Geschwindigkeit ging einher mit der Zunahme von Aua. Es musste irgendwann etwas passieren, bevor ich mich zum Stillleben entwickelte. Eine Upgrademaßnahme sollte dem entgegenwirken.

Eine allgemeine Bürgerumfrage bei zwei oder drei mir bekannten Menschen mit den gleichen Befindlichkeiten ergab, dass es am inneren Rand der Stadt Berlin eine Reparaturwerkstatt gab, welche Hilfe mit dem Slogan »Schnell erholt« anbot. Was immer jenes auch heißen sollte. Vielleicht schnell zurück zum Bäcker, weil ich noch zwei Brötchen vergessen habe oder schnell zurück nach Hause, bevor wir dich erwischen oder schnell zurück zum Arbeitskraftnehmer, weil der bald wieder Kraft von mir haben will, um mich hinterher davon zu erholen? Im letzteren Fall würde ich auch mit etwas weniger Geschwindigkeit vorliebnehmen. Dieser konkret definierte Begriff »Irgendwann« hat sich dann so um den Jahresabschnitt herum eingestellt, in dem beleuchtete Kürbisse durch die Gegend schweben.

Ich also rein in dieses Upgrade-Etablissement. Mein auszuwechselndes Ersatzteil hatte ich glücklicherweise mitgebracht. »Haben Sie die Fragebögen alle ausgefüllt?« »Äh, Fragebögen?

Ja, nö.« »Na dazu haben Sie ja jetzt auch noch Zeit.« Während der nächsten fünf Umrundungen des Stundenzeigers meiner Analoguhr war ich damit beschäftigt, diverse Kreuze in Kästchen zu setzen und von einem Mitarbeiter zur nächsten Mitarbeiterin zu wandern. Bei diesen Plaudereien wurden dieselben Fragen nochmals verbal gestellt. Ich vermute, sie trauten meinem Lottoscheinformular nicht und wollten sich vergewissern, ob ich mich an das Datum meiner Geburt noch erinnern kann. Na aber sicher doch und das auch viermal hintereinander. Nach dieser Empfangsprozedur bekam ich noch ein weißes Babybändchen um mein Handgelenk. Vermutlich hatten die Bediensteten Sorge, dass der kleine Hartmut in dem großen Krankenhaus verloren gehen könnte. Meine entsprechende Bemerkung dazu wurde mit den Worten quittiert: »Sein sie froh, dass es nicht blau ist.«

Dann ging es ab aufs Zimmer mit Vollpension, Waldausblick und Nachtprogramm. Letzteres bestand aus dem Wettbewerb, wem der anwesenden drei Herrlichkeiten es am schnellsten gelingt die vorhandenen Möbel zu zersägen und unter dem Einsatz selbst produzierter Duftstoffe die Konkurrenten aus dem Feld zu schlagen.

Ohne Nährstoffaufnahme durfte ich am nächsten Morgen zum Hauptevent laufen. Für die Überwindung der Hindernisstrecke erhielt ich eine des Merkens würdige Schutzausrüstung geschenkt. Ein Häubchen, welches wohl mein Gesicht besser zur Geltung bringen sollte, eine Schürze, die hinten nichts schürzte und ein Hauch von Nichts für die mittlere Körperregion, um Glockengebimmel während des Laufens zu vermeiden. In den Räumlichkeiten des nächstfolgenden Geschehens angekommen, fragte ich ein grünes Männlein, ob ich mich auf die Bahre legen sollte. Er meinte, dass es sich dabei um eine OP-Liege handeln würde. Auf einer Bahre würde ich mit den Füßen zuerst rausgefahren werden und das wolle ich ja wohl nicht. Auch gut, dachte ich. Besser liegen, als aufgebahrt zu werden.

Im Hintergrund vernahm ich lautes Gehämmer und Geklopfe. Ich fragte den grünen Herrn, welcher Fluss hier in der Nähe vorbeifloss, um die Operationsfehler zu entsorgen. Er sagte: »Die Havel«, dann wurde es dunkel um mich.

Einige grün gekleidete Leute standen vor einer Wand mit Bildschirmen und Tastaturen. Ich erkannte, dass sie dasselbe Fachprogramm, wie ich es auf meiner Arbeit hatte, bedienten um damit Sozialhilfefälle zu berechnen.

Laut und vernehmlich fragte ich sie, warum sie als Anästhesisten Sozialhilfe bearbeiten würden. Sie schauten mich irritiert an. Entweder wussten sie selbst nicht, was sie da taten oder mein Wachheitsgrad hatte noch nicht den für sinnige Gedanken erforderlichen Grad erreicht. In der Havel musste ich jedenfalls nicht schwimmen.

Die folgende Zeit verbrachte ich damit, den Vierbeingang zu erlernen, meine Hosen mit der Kneifzange anzuziehen und mir Dinge, die ich sonst ganz allein im Bad mache, von anderen Frauen erledigen zu lassen. Letzteres bezieht sich wirklich nur auf abzuschneidende Auswüchse der unteren Enden meiner natürlichen Stützpfosten. Merkwürdigerweise wurden mir von einigen Menschen, als sie meines Anblickes gewahr wurden, alle Türen geöffnet. Tolle Sache das. Es ist erfreulich, dass Relikte einer einst üblichen Höflichkeit überlebt haben. Ich werde die Gehhilfen als Gehilfen sicher noch öfter verwenden. Sowohl in der Menschenreparationsanstalt, als auch in der von mir aufgesuchten Rehabilitierungseinrichtung, habe ich so viel senkrecht fahrende Züge verwendet, wie in meinem ganzen vorherigen Leben nicht. Es gibt Leute, die diese Auf- und Abstiegsmöglichkeiten als Fahrstühle bezeichnen. Das ist aber Quatsch. Da sind meistens keine Stühle drin.

»Aufgrund des aktuellen Infektionsrisikos dürfen Sie nur noch zu zweit und mit ausreichend Abstand den Fahrstuhl benutzen«. So stand es auf einem Schild neben der Fahrstuhltür.

Ich warte jetzt schon 5 Minuten mit offen gehaltener Tür im Fahrstuhl auf die zweite Person, um endlich losfahren zu können. Ich möchte mich natürlich an die Anweisung halten, dass ich NUR zu zweit fahren darf. Aus dem nahegelegenem Treppenaufgang höre ich Gemurre: »Dieser Fahrstuhl ist schon wieder kaputt.«

Der gelbe Sprechknopf funktioniert jedenfalls. Bei einer besonders intelligenten Anlehnaktion habe ich das getestet. Eine freundliche Frauenstimme wollte von mir wissen, ob bei mir noch alles in Ordnung sei. Ich wusste nicht, ob ich die Wahrheit sagen oder doch besser lügen sollte.

Sollten sich jetzt jugendliche und mittelalterliche computeraffine Menschen enttäuscht fragen, was sie mit der ganzen menschlichen Aktualisierungsgeschichte zu tun haben, hier meine ausführliche, wissenschaftsbasierte und rechtssichere Antwort: »Keine Ahnung, davon aber jede Menge«.

Mich interessiert allerdings, warum ich seit einiger Zeit elektronische Post mit der Werbung für Treppenlifte bekomme und keine mehr für eine Penisverlängerung.

Ach so ja, also mein Schrottwert ist jetzt beträchtlich gestiegen.

?!
Bla..
Blaa..
Bla..
Bla..
#

Restrisiko

Es besteht immer ein gewisses Restrisiko.

Wobei? Na bei Allem!

Wenn ich meinen ganzen Körper mit Panzerfolie für Handys beklebe, bin ich dann bruchfest? Wenn nicht unkaputtbar, dann wenigstens kratzfest? Zum Schutz gegen die Hauskatze, Frauen, die mit mir hautnah agieren wollen und damit meine ich nicht die Physiotherapeutinnen, sondern Frauen, die sich an mir abreagieren wollen oder irgendwelche aus dem Zoo entlaufene Tiger oder Löwinnen. Ob diese Aktion anstößig wäre und entsprechende abstoßende Reaktionen hervorrufen würde oder eher Kratzversuche? Da gibt es ein gewisses Restrisiko. Oder nehmen wir das Risiko des Kaffeefilterns. Ich hatte einst getestet, ob eine Kaffeemaschine den Kaffee auch filtert, wenn sich die Kanne nicht genau unter der Auslauföffnung befindet. Ergebnis: sie tut es. Den Test werde ich aber nicht wiederholen, weil:

    1. der Test war ja erfolgreich,

    2. ich hatte keinen aufgebrühten Kaffee,

    3. große Sauerei

Nach Veröffentlichung meines Testergebnisses ergab sich folgender Schreibwechsel: Antwort: »Aber eigentlich dürfte der Kaffee doch nicht aus dem Filter laufen, weil das Ventil erst durch den Deckel der Kanne geöffnet/ angehoben wird, wenn die Kanne drunter steht. Vielleicht bewegt sich die Feder nicht mehr am Ventil?« Gegenantwort: »Da hast Du Recht. Der Kaffee hat aber über den Rand des Filters seinen Weg auf den Fußboden gefunden.« Antwort: »Oh, über diese Möglichkeit habe ich nicht nachgedacht.« Gegenantwort: »Der Kaffee schon.« Des Weiteren besteht ein gewisses Risiko beim Brotschneiden. Ich hatte einst versucht herauszufinden, ob ein Brotmesser auch Fleisch schneidet. Ergebnis: das tut es. Ich fragte die Allgemeinheit in einem Internetforum, wo ich denn die Pflaster versteckt hatte. Sachdienlich kam die Antwort, dass man sich nur mit stumpfen Messern schneidet. Danke für die Hilfe. Aber es kam auch durchaus eine hilfreiche Empfehlung, ich solle doch eine Küchenrolle und Tesafilm zur Blutstillung verwenden. Irgendjemand meinte, dass Selbstverstümmelung auch ein Hobby ist. Darauf antwortete ich, dass das wirklich keine Mutprobe war, sondern eher ein vollkommen unbeabsichtigter Feldversuch und dass ich nunmehr still vor mich hin leide. Weitere Antworten waren: Gute Besserung, Speckbrot ist aber seit 30 Jahren out, es heißt doch aber Brotmesser und nicht Hartmutverstümmelungsmesser, Hartmut das Brot. Ich war froh, in diesem Forum so viel Mitgefühl zu finden. Mein Finger hing in Fetzen baumelnd am Rest der Hand herunter. Die Blutlache lockte Vampire an. Ich hatte mich mit einem Kranz aus Knoblauchknollen geschmückt und stank furchtbar.

Wie sollte ich mit einer Hand den Eichenpflock in den Blut-
schlucker einschlagen?

Restrisiko
??

Dennoch fragte ich nach der Lösung eines weiteren Problems. Wenn es die acht Liter Blut durch die Zimmerdecke geschafft haben, reicht da einfache weiße Kreidefarbe zum Überdecken? Darauf die Antwort: »Wenn du acht Liter Blut verloren hast, brauchst du dir um die Zimmerdecke keine Sorgen mehr machen.«

Wie heißt es doch so schön, wer den Spott hat, hatte den Schaden schon vorher. Als ich noch im arbeitspflichtigen Alter war, bestand jeden Früh, wenn ich erwachte, das Risiko, dass ich auf Grund des bestehendem Weiterschlafinteresses nicht aufstand und die Erwartung meines Arbeitgebers und meiner Kolleginnen und Kollegen auf der Arbeit zu erscheinen nicht erfüllte. Keine Erscheinung von mir zu haben, stieß in diesem Zusammenhang auf Missfallen. Wenn zum Beispiel Leute nach meinem später zu erwartenden Ableben von mir eine Erscheinung haben, dürfte das auch missfallen. Also wie nun? Ich vermute, das ist situationsbedingt.

Es bestand ein Restrisiko, dass ich einfach mal vergaß, dass ich Urlaub hatte. Wie blöd…, na ja, ist eben passiert. Ich hätte nicht zur Arbeit fahren müssen, hätte nicht die verdutzten Gesichter meiner mit mir mitarbeitenden Menschen und Menschinnen gesehen und sie müssten nicht auf Grund meiner unerwarteten Erscheinung verwundert reagieren. Mein Gesicht, als mir die Mitwirkenden meines Arbeitsgebietes offerierten, dass ich heute Urlaub habe, hätte ich gern fotografiert und bei Facebook gesehen oder besser noch bei Wikipedia als bildliche Darstellung eines unüberlegten Menschen. Es gibt auch andere Bezeichnungen dafür. Man kann das ja dann verlinken.

Letztendlich musste mein Arbeitskraftnehmer auf mich als Arbeitskraftgeber nach einigen Schreckminuten für den Rest des Tages auf meine Erscheinung verzichten. Die Moral aus der Geschichte: nicht alles ist nur Schein.

Nicht anhalten, es geht noch weiter.

Es bestand ein Restrisiko, dass während der Fahrt zur Arbeit mein Auto ein Treffen mit der älteren Dame haben würde, welche sehr bestimmt und ohne sich dafür zu interessieren, was von links oder rechts kommt, zehn Meter hinter einer Fußgängerampel die Straße überquerte. Dieses mögliche berührende Erlebnis hätte für alle drei Beteiligten unabschätzbare Folgen gehabt. Ob die der Altzeit zuzurechnenden Dame in der Menschenreparaturanstalt ein Treffen mit jungen, hübschen Krankenpflegern gehabt hätte, kann ich nicht einschätzen. Wieviel die Wiederherstellung des ehemals attraktiven Aussehens meiner fahrbaren Umhüllung gekostet hätte, kann ich ebenso wenig einschätzen. Ein guter Achter würde das wohl übernehmen müssen. Also achthundert Euro für einen Menschen, der gut auf den Zustand meines Fahrzeuges achtet und der nicht ich bin. Eines ist jedoch sicher. Bei der Schuldfrage gibt es bei Gericht und auf hoher See immer eine Regel

Nummer Eins. Dem Grunde nach hat immer der Autofahrer Schuld. Im Ausnahmefall gilt Regel Nummer Zwei, welche besagt, der Autofahrer hat immer Schuld. Bisher konnte ich ein Treffen zwischen meinem Personenkraftwagen und der Seniorin immer verhindern. Die Bemühungen für das Zusammensein konnte ich bisher abbremsen. Dass die Beiden doch irgendwann mal zusammenfinden, da besteht ein gewisses Restrisiko.

Nach all den heftigen Tageserlebnissen besteht ein gewisses Restrisiko, dass ich den Abend schadenfrei erleben werde. In risikofreudiger Erwartung auf den nächsten Tag schlafe ich ein oder auch nicht.

Das ist das Restrisiko.

Eine Kaffeegrundsatzentscheidung

In einer Einkaufsstraße entlang zu wandeln, sich die großen Fenster anzuschauen und vor allem jene Dinge, die sich hinter den Glasscheiben befinden, ist eine bevorzugte Tätigkeit der Frauen. So viel ist mal klar. Ich habe keine Ahnung, ob Mädchen bereits mit einem Urinstinkt dafür geboren werden. In der Urgesellschaft gab es noch keine Schaufenster. Dafür gibt es jetzt Schaufenster mit Uhren dahinter.

Sicher gab es damals auch schon viel zu schauen. Wenn ein Säbelzahntiger den Führer der Sippe zerfleischte, war dies sicher ein schauenswertes Ereignis. Das Seherlebnis war jedem vergönnt. Damals gab es noch kein FSK 18. Sicherlich war es nicht unbedingt eine wünschenswerte beäugenswerte Aktion, dafür aber lehrreich. Kinder, nehmt euch in Acht vor Säbelzahntigern!

Heute braucht man die Kinder nicht mehr vor Säbelzahntigern zu warnen, es gibt keine mehr. Also Säbelzahntiger gibt es nicht mehr, Kinder schon noch.

Schaufensterbummel haben meist einen Standardablaufplan. Die Frauen gucken zunächst von außen auf das Innenliegende. Das genügt nicht. Sie verwenden die Eingangspforte, um sich mehr Sicht auf die zur Schau gestellten Stücke zu verschaffen. Meist haben die Geschäftseigner so viel davon, dass sie die Dinge verkaufen müssen, die da so herumstehen oder liegen oder hängen. Diese Gelegenheit wird selbstverständlich wahrgenommen und es kommt ein Tauschhandel zustande. Digitale Daten oder bedruckte Papierscheine wechseln den Eigner, welcher dafür zum Beispiel lederne Fußbekleidung entgegennimmt.

Gäbe es heute noch Säbelzahntiger, könnte man sich aus deren Haut ein Paar zum Laufen geeignete Füßlinge herstellen. Aber nur, wenn man obsiegt. Im anderen Fall braucht man keine Fußbekleidung mehr.

Hat der Verkaufseinrichtungsinhaber sein großes Geschäft gemacht, dürfen wir das Etablissement verlassen und es geht weiter auf der Straße mit den beidseitigen Verlockungen hinter Glas. Sofern das Chaos siegt, wird von der linken auf die rechte Straßenseite gewechselt und wieder zurück. Hat allerdings die Strategie die Oberhand, so schweifen die Blicke und Beine und der Rest des Körpers auch zunächst auf einer Straßenseite hin und auf der anderen zurück. Zumindest bei den Frauen ist es so. Bei mir bleibt meist mein Enthusiasmus auf einer Straßenbank sitzen und mein Korpus dann auch irgendwann.

Hinter einer solchen Wand aus Siliciumdioxid wurde visuell für Reisen in nahe und ferne Länder geworben. Diese Zurschaustellung wurde sogar mir gewahr. Ein Teil von mir erwachte: mein Interesse.

Eine Reise nach Griechenland, unter anderem nach Peloponnes, wäre sicher den einen oder die anderen hundert Euro wert. Vielleicht würde ich dort einem Spartiaten begegnen oder Göttervater Zeus kommt als Adler vom Olymp heruntergeflogen.

»Hartmut, komm endlich weiter«, ertönt der Ruf meiner Frau. Zeus flattert davon.

Im Davonlaufen sehe ich noch, wie im selbigen Schaufenster Werbung für eine Reise wegen Nor gemacht wird. Ich kenne keinen Nor. Warum sollte ich also seinetwegen in ein Land fliegen oder schwimmen oder fahren oder laufen, indem die Luft oft kalt und verdunkelt ist? Also Nor's wegen sicher nicht. Dann doch lieber zu den sonnigen Griechen. Aber wer's braucht – nur zu.

Während ich hinter meiner Frau und meiner Tochter her trabe, kreisen meine Gedanken um ein baldiges Ende der Schautour. Wo immer sich die Möglichkeit bietet, setze ich mich ab: auf eine Bank als Geschäftsvorsitzender, einen harten Stuhl oder wackelnden Hocker als Geschäftsinnensitzender. Geschäftsinhaber sollten wirklich mehr bequeme Sessel für mitgenommene genervte Männer zur Verfügung stellen.

Vielleicht kann ich ja meine beiden schaulustigen Damen mit einer Pause in einem Café von ihrem schauerlichen Treiben abbringen. Das klappt meistens. Bei dem Genuss einer braunen Pflanzenfrucht basierten Aufschwemmung entwickelt sich eine Diskussion um die temporäre Ausdehnung ihrer Tätigkeit. Wird ein Kompromiss gefunden, kann man dies dann wohl als Kaffeesatzgrundentscheidung oder Kaffeegrundsatzentscheidung bezeichnen.

Nun, es kommt tatsächlich ab und zu vor, dass ich allein bin. Allein beim Durchschreiten einer Einkaufsstraße. Dies führt des Öfteren zu seltsamen, Glas durchdringenden Einblicken in die Gebäude.

In der Nähe meiner ehemaligen Montags- bis Freitags-Tagestätigkeitsstätte gibt es hinter einem Fenster die Information zu schauen, dass man hier Schilder ohne »wenn und aber« für fünf Euro kaufen kann. Es steht leider nicht da, wieviel ein Schild kostet, wenn man es mit »wenn und aber« haben möchte.

Während einer geschäftlich notwendigen Durchquerung der Oranienburger Innenstadt wurde ich Zeuge einer Zurschaustellung hinter einem Fenster. Folgendes war zu sehen: ein Mann trimmte einem anderen Mann die Nasenhaare. Es war für mich so überraschend, dass alle Welt dieser Beschneidung zuschauen konnte und durfte, dass ich einen Moment brauchte, um mich angewidert abzuwenden. Ich kenne auch Schaufenster, in denen Damen zeigen, dass sie nichts anzuziehen haben. Dieser Darstellung offensichtlicher Bedürftigkeit kann ich mich nicht entziehen. Schließlich sollte man da schon ein bisschen soziales Einführungsvermögen zeigen. Bei Nasenhaaren hört mein soziales Gewissen auf.

Man stelle sich vor, ein Urologe zeigt seine ärztliche Kunst hinter einem Schaufenster oder der Barbier zeigt sein Können bei einer Intimrasur und die Außenstehenden erleben sehend, wie eine Irokesenfrisur weit unterhalb des Kopfes entsteht.

Osten und Westen

Es ist schon ein Kreuz mit diesem Osten und Westen. Ostberlin hat sein Ostkreuz und der westliche Teil der Stadt sein West-kreuz. Der Süden ist mit einem eigenen Kreuz ebenfalls repräsentativ vorhanden. Ein Nordkreuz gibt es indes nur beiläufig, also als Beinamen.

Gibt es eigentlich nur im Osten die Krankheit Osteoporose und im Westen nicht? Oder heißt sie da Westeoporose? Und was ist mit der Behandlungsform Osteopathie? Gibt es die auch nur im Osten? Allerdings Westeopathie habe ich noch nicht gehört. Während sich im alten Bundesgebiet die Menschen Western-filme anschauen, in denen Indianer von Cowboys und Militaristen abgeballert werden, feiern in den östlichen Bundesländern die Leute das heidnische Fruchtbarkeitsfest Ostern. Aber vielleicht gibt es Ausnahmen für die Ostfriesen. Das Ende vom Osten liegt allerding nicht irgendwo bei Frankfurt an der Oder, sondern viel, viel westlicher: das Ostseebad Ostende befindet sich in Belgien. Hat man sich da bei der Namensgebung vertan?

Ich hatte mal eine Show in der Nähe von Siegen. Das Sieger Bergland kann ich wirklich empfehlen. Bisweilen hatte ich den Eindruck, ich wäre in Hobbingen, obwohl ich da allerdings noch nie war. Als ich auf dem Parkplatz ankam und ausstieg, sprach mich ein Ureinwohner aus dieser Gegend an und fragte, ob ich aus dem Osten käme. Ich bejahte. Er fragte mich weiter, ob ich auch Ossideutsch spräche und machte bei dieser Frage ein eher abfälliges Gesicht. Ich hatte bis dato keine Ahnung was Ossideutsch für eine Sprache sein solle und bat um Aufklärung von diesem offensichtlich linguistisch hochgebildeten Mann. »Na Sächsisch ist Ossideutsch.« »Nee, ick sprech' een ordentliches Deutsch. Schließlich bin ick een echter Randberlina, komm' also aus de Botanik, wa ey«. Er schien sehr froh über diese Antwort zu sein. Ich verschwieg ihm allerdings, dass meine Vorvorderen aus dem Sachsenlande kamen.

Die Bekleidungsindustrie hat hinsichtlich eines Körperverhüllungsteiles einen Bogen um den Osten gemacht. Jedenfalls habe ich noch nie etwas von einem Ostover gehört.

Vielleicht erfindet ein kreativer Modegestalter so etwas noch. Warum es keine Südover und Nordover gibt, lässt sich mit den negativen Assoziationen der im Süden oder Norden beheimateten Bevölkerung erklären. Wieso gibt es eine Weste als Kleidungsstück und keine Oste?

Vor grauer Vorzeit, also im letzten Jahrtausend, gab es sogar noch Ossi-Wessi-Witze: »*Wessi gönnerhaft zum Ossi: "Sie kämpfen fürs Geld, wir für die Ehre!" "So ist es", bestätigt der Ossi, "jeder kämpft um das, was ihm fehlt."*«

Wie gesagt, das war vor sehr, sehr langer Zeit, na ich sag mal langer Zeit reicht auch. Heute sind solche Witze politisch inkorrekt und die Bevölkerung hat sich sowieso ver- und gemischt. Es wurde über- und untereinander und hin- und hergezogen. Da weiß man nicht mehr, wo die herkommen, denen es sowohl an Ehre als auch an Geld fehlt. Ich habe mal eine bekannte Suchmaschine nach der Kombination »reich« in Verbindung mit »ehrenhaft« gefragt. Wenn ich hier jetzt die Antwort dazu freilasse, dann ist das eine Abbildung des Suchergebnisses.

Eine ablassbedürftige Notlage

Autofahrten auf einer Kraftfahrzeugbahn haben etwas ganz Spezielles. Wenn ich meine motorbetriebe Personentransportmaschine mit lieben, netten Menschen vollgeladen habe, kann die Zeit schnell vergehen. Ich weiß nicht, ob Physiker dieses Phänomen erklären können. Wenn ich jedoch allein unterwegs bin, stelle ich fest, die Uhr geht langsamer. Aus dem Fenster gucken hilft zwar, um den Verkehr zu beobachten. Der ist aber auch immer gleich. Vorne Autos, neben sich Autos und hinter sich Autos. Das könnte sicherlich interessant sein, wenn man sich für solche motorgetriebenen Blechgeräte interessieren würde. Oh, toll ein echter E-2000 Mazda Bus, ein Benziner mit fünfundneunzig Pferdestärken, wird nicht mehr hergestellt und ist inzwischen ein echter Oldie. Die Vereinigung zwischen Metall, Sauerstoff und Wasser hat bereits auch ihre Spuren hinterlassen. Aber mein Interesse an dem Fahrzeug ist eher darauf gerichtet, dass es fährt und mich von einem Ort zum anderen bringt. Die Gegend zu betrachten, wird auch bald langweilig. Ich stelle fest, dass es überall Gegend gibt.
Der Frühstückskaffe meldet sich. Jedoch nicht da, wo er hineingekommen ist, sondern da, wo er wieder hinauswill. Ich schaue mich am rechten Fahrbahnrand nach einem WC-Schild um. Keines in Sicht. Die Autouhr grient mich an und die Zeiger bewegen sich noch langsamer. Schließlich ist sie auch

schon ein Oldie, da kann man sich halt nicht mehr so schnell bewegen. Sie findet, so viel Verständnis sollte ich schon aufbringen. Mein Verstand sagt ja. Ich kann das gut nachvollziehen. Meine Blase ist jedoch ganz anderer Meinung. Wenn sie sehen könnte, würde sie mir beim Ausschau halten sicherlich behilflich sein. Plötzlich, aber sehr erwartet, zeigt sich das Hinweisschild und verheißt in fünf Kilometern das entlastende Örtchen finden zu können. »Na, solange hältst du noch aus Blase«, denke ich zu ihr. Sie versteht mich auch ohne große Worte. Ich möchte ihr helfen ihre anhaltenden Bemühungen zu unterstützen und drücke auf das Gaspedal. Der Fahrer vor mir kennt aber wohl meine Blase nicht und fährt beharrend mit gleichbleibender Geschwindigkeit weiter. Ich wende meine Sehfähigkeit an, um auf der linken Überholspur eine freie Lücke zu erhaschen. Ich hasche nicht. Mein urinhaltiges Hohlorgan ist darüber nicht erfreut. Der vor mir Fahrende gönnt seinem Automobil ein wenig Ruhe und fährt langsamer. Ich sehe, wie er sieht und zwar aus dem rechten Seitenfenster. »Jawohl«, denke ich zu ihm. »Da gibt es Bäume und Felder und die gibt es in zehn Kilometern auch noch. Die kannst du dir auch da noch anschauen.« Offensichtlich ist er kein Telepath oder ich nicht oder wir beide nicht. Meine Harnblase baut weiterhin Druck auf. Ob sie sich das bei irgendeinem Arbeitgeber abgeguckt hat?

Fast geschafft, dank kilometerfressender Reifen. Ich überlege, ob so ein Kilometer meinen Autoreifen gut schmeckt, schließlich nehmen sie eine ganze Menge davon zu sich, ohne dicker zu werden.

Ich sehe, wie das blaue WC-Schild immer näherkommt. Quatsch, es kann weder laufen noch fahren, es bleibt einfach so da stehen, wo es seit Erbauungszeiten steht. Ich nähere mich ihm an. Sein Anblick lässt mir Schweiß auf meine Stirn treten. Es ist durchgestrichen. Darunter ist ein Schild angebracht, worauf jemand offensichtlich mitleidslos geschrieben hat: »Nächstes WC in 20 Kilometern«. Ich merke, wie meine Denkfähigkeit sich langsam in meine Blase verlagert.

Ich versuche ihr Mut zuzudenken: »Sei keine Pionierblase, sei eine echte Männerblase, halte durch.« Ob es hilft, das innere meines Busses trocken zu halten, kann ich in diesem Augenblick noch nicht sagen. Kurz gesagt, lang gefahren, ein Schild wird angezeigt, nach dessen Information es in fünf Kilometern eine Raststätte geben soll. Nach etwa zwei Kilometern stellt sich ein Ereignis ein, welches ich so nicht gehofft aber befürchtet habe. Die Geschwindigkeit der vor mir befindlichen Fahrzeuge nimmt ab und kommt schließlich ganz zum Erliegen. Mein Automobil verhält sich sozial adäquat und bleibt ebenfalls stehen. Es beginnt ein innerlicher Kampf zwischen Gehirn und Fuß auf dem Gaspedal und meinem Harninhaltsorgan. Not macht erfinderisch, sagt ein Sprichwort. Ich beginne mit einer Problemlösungssuche. Rechts ist freies Feld, kein Busch, kein Baum, nur freie Sicht nach allen Seiten.

Ich sehe, wie eine junge Frau mit Ihrem kleinen Sohn aus einem vor mir stehenden Auto aussteigt, ihm die Hose runterstreift und den kleinen Mann strullen lässt. Ich überlege kurz, ob ich die Frau ansprechen sollte, um Hilfe für einen etwas größeren Mann zu erbitten. Ich entscheide mich es nicht zu tun. Im Nachhinein betrachtet, kann ich sagen, ab und zu habe ich auch mal Glück beim Denken. Wussten sie eigentlich, dass Exhibitionismus nur für Männer strafbar ist? Eine echte Ungleichbehandlung finde ich.

Fahre ich an den Rand und täusche verbotener Weise einen Autoschaden vor, laufe dann die paar Kilometer bis zur Raststätte? Die Geherschütterungen würden sicher meiner Blase einen vorschnellen Ablass bescheren, welches sich auf den Trockengrad meiner Hose auswirken würde. Keine so wünschenswerte Vorstellung.

In meinem Bus schaue ich mich nach einer Flasche um. Nichts, rein gar nichts, was irgendwie gebrauchsfähig erscheint. Ich ärgere mich, dass ich voriges Wochenende nach einem Jahr mal wieder aufgeräumt habe. Nach meiner Erinnerung befand sich eine Plastikflasche unter den entsorgten Gegenständen, welche geeignet gewesen wäre, mein Problem aufzunehmen. Nichts als Ärger hat man mit perfekter Ordnung. Chaos ist manchmal doch besser. Das Loslassen von alten Dingen empfinde ich in diesem Augenblick als wirklich schmerzhafte Erfahrung.

Es geht weiter. In bewegender Weise streben die Verkehrsteilnehmer vor mir ihrem Ziel entgegen. Mein Ziel wird von einem körpereigenen Hohlraum bestimmt und damit meine ich nicht mein Gehirn.

Ich erreiche die Raststätte mit Müh und Not und siehe da, ich bin noch nicht tot. Auto abstellen, abschließen und mit schnellen, möglichst erschütterungsfreien Schritten der ersehnten Entsorgungseinrichtung entgegenstrebend, sind Taten, die ich nach der bis vor kurzem absolvierten Entschleunigungsphase in Sekundenschnelle schaffe.

Eine Schranke stellt sich mir in den Weg, also nicht nur mir, aber in dieser überaus dringlichen Situation gehen mich die Probleme anderer eher sekundär an. Die Schranke verlangt von mir kleines Geld. Ich fummele mein Portemonnaie hervor und schau nach den notwendigen siebzig Eurocent. Ein fünfzig Cent Stück liegt da einsam und verlassen herum. »So ein Mist«, schimpfe ich leise fluchend vor mich hin. Ein griff in meine Hose verschafft Erlösung. In meiner Tasche finde ich noch den Einkaufswageneuro. Der Handel mit der Schranke kann nun beginnen. Sie prüft erstmal, ob der Euro auch echt ist. Ich prüfe erstmal, ob meine Hose noch trocken ist. Sie lässt mich durch. Meine Hose ist noch nicht durch – also durch die

Sperranlage schon. Die Entsorgungskeramik kann nun endlich mein Ablassbedürfnis befriedigen. Der Druck entweicht und damit meine ich nicht nur den physischen. Nun kann ich auch wieder klar denken und die letzten Sekunden Revue passierend denke ich, dass wohl der Begriff »Ablasshandel« in einer Raststätte erfunden wurde.

WC
Mist

Der Garten – das unheilvolle Wesen

Warum ist unser Garten ein Wesen? Weil er für meine Frau sehr wesentlich ist. Warum ist unser Garten unheilvoll? Man kann froh sein, wenn man ihn heil durchstreift hat und er ist voll mit Pflanzen.

Wenn man der Wohnung, diesem gemeinen Wesen, entkommen ist, dann wartet da der Garten auf den menschlichen Körper, zum Beispiel auf meinen. Er beabsichtigt mich ihn nicht heil durchschreiten zu lassen und das mit vollem Einsatz. Die ersten drei Buchstaben deuten bereits darauf hin: »Gar« – den Gar ausmachen. Ich wende mich mit meinen Gedanken und dem körperlichen Rest zunächst der dunklen Seite des Gartens, der Nordseite zu. Es soll tatsächlich Leute geben, die behaupten, Gartenarbeit macht glücklich. Die Macht entsteht also aus der Gartenarbeit. Der Sonne abgewandt, kann man durchaus behaupten, dass dieser nördliche Teil die dunkle Seite der Macht ist.

Ich begebe mich auf den Nordweg, welcher in das Hinterteil führt. Hier entdecke ich ein geologisches Phänomen: Eine tektonische Plattenverschiebung. Die Natursteinplatten weichen dem durch die Wurzeln von unten kommendem Druck aus. Wissenschaftler nehmen sich bei ihren Erfindungen oft an der Natur ein Beispiel, Politiker leider nicht. Das Streben der Platten in die Höhe gibt meinen ungeschützten Zehen die Gelegenheit gegen die Felswand zu knallen. Der Schmerz wird durch das tröstende Wissen reduziert, dass nach dem der Zehennagel abgefallen ist, ich ihn mir einige Monate nicht mehr schneiden muss. Der Wind kommt mir auch tröstend zu Hilfe und kühlt mit einem frischen Hauch den sich farblich verändernden Zeh. Er kommt allerdings auch dem Fensterladen zur Hilfe, um dessen Daseinsform zu ändern: von an der Wand dran, zu von der Wand weg, bis zu der einzig vorhandenen Stoppstelle, meinem Kopf. Etwas benommen humpele ich weiter und erreiche schließlich einen wunderschönen Rosenbogen. Das ist ein augenscheinliches Labsal für die bereits erlittene Unbill. Ich schreite kühn zur Tat und hindurch, um in das Gartenhinterteil zu gelangen. Erst nachdem ich bemerke, dass mir roter Körpersaft an meinem Gesicht herunterrinnt, entsteht die Erkenntnis: Ich bin größer, als der stachelige Rosenbogen. Vorsichtig taste ich mit meiner rechten Hand meine Kopfhaut ab, ob sie noch am selben Ort sitzt wie zuvor oder ob ich von den Stacheln skalpiert wurde. Nein, sie haben es nicht geschafft mir meine Haarpracht zu nehmen. Jedenfalls nicht ganz. Zurückblickend bemerke ich, dass eine kleine Haarprobe von mir seinen Besitzer gewechselt hat. »Ich bin durch«, denke ich. Jetzt habe ich den schönsten Teil der Grünanlage erreicht. Herrlicher Rosenduft steigt in meine Nase und … was ist das? Ein anderes Aroma macht sich breit, je näher ich der

Gartenecke komme. Da hat sich einer versteckt. Grün getarnt lässt er, sehr zum Unwohlsein meiner Geruchsrezeptoren, Gase ab. Nicht zu sehen, nicht zu hören, aber sehr gut zu riechen. Nicht nur unter den Kompostern gilt der Spruch: »Die Stillen, die Heimlichen stinken am meisten«.
Mein Ungemach wird in diesem Moment verstärkt durch eine Aneinanderreihung von Misstönen. Einer der entfernteren Nachbarn testet seine Autosoundmaschine. Damit meine ich nicht die Musikanlage seines fahrbaren Untersatzes, sondern den Motor. Ein Stuhl leistet mir Hilfe bei der Erhöhung meines augenblicklichen Standpunktes. Der Blick über die Fliederhecke zeigt mir, wie das Innere des Personenkraftwagens mit einem Mann besetzt ist, welcher offenbar das Gaspedal betätigt. Seine Frau umrundet mit einem Handtelefonfotoaparat bewaffnet das Gefährt und erfreut sich am Anblick des Autos, des Motorengeräusches und vielleicht, aber nur vielleicht, ihres Mannes. Während die beiden viel, sehr viel Geduld bei Ihrem tun haben, geht selbige bei mir flöten. Unternehme ich irgendetwas oder nicht und wenn ja was? Polizei holen ist doof. Da wäre ich so ein Anscheißertyp. Das fällt aus. Rüber gehen und mit den Leuten reden? Da müsste ich erstmal meine Lautsprecheranlage installieren und auf volle Lautstärke stellen, so dass die Beiden mich auch hören könnten. Das ist mir zu aufwändig. Ich beschließe still vor mich hin zu grummeln. Das Auto kann wohl Gedanken lesen und kommt mir zu Hilfe. Es

gibt noch ein paar glucksende und stotternde Geräusche von sich, dann ist der Sprit alle, meine Geduld auch.

Den Geruchs- und Hörstress zwar noch nicht ganz überwunden, setze ich meine Gartenerkundungstour fort und merke, wie die Hälfte meines Körpers plötzlich etwa vierzig Zentimeter nach unten wegsackt. Ups, das war der Gartenteich! War der schon immer hier? Mein Fuß mit Unterschenkel dran wurde soeben gewässert. Ich entscheide mich, dass jetzt der richtige Moment für eine Trocken- und Ruhepause gekommen ist. Ich verbringe sie zur Vorsicht liegend, denn dann ist der Weg zum Boden nicht so weit, falls doch noch irgendetwas Unerwartetes passieren sollte. Neben mir liegt meine körperlose Kleidung. Ich warte auf das Unerwartete. Geht das überhaupt? Der große Krieger Sonne wartet nicht. Er versucht erfolgreich auf meiner Fleischhülle ein Brandzeichen zu setzen. Jetzt brauche ich eine selbst gewollte Abkühlung. Der Gartenschlauch und die Dusche müssen miteinander vereint werden, um Feuchtigkeit zum Ausbruch und über meinen Leib zu bringen. Der Kopplungseffekt will sich nicht einstellen. Der auftretende Schmerz ist sicher nicht der Grund dafür. Aber die Haut, also um genau zu sein meine Haut irgendeines Körperteils, die sich zwischen den Vereinigungsprozess geschoben hat, schon. Endlich fließt klares Nass über mich. Auch der Boden unter meinen Füßen weicht auf, metamorphosiert zu Schlamm, welcher dann dahinweicht. Beim Dahinweichen nimmt er einen

Fuß von mir mit, den anderen nicht. Ich wusste gar nicht, dass ich Spagat kann. Ich bleibe einfach mal gleich unten liegen. In dem Kurzfilm »Das Schlammkind« könnte ich jetzt die Hauptrolle spielen. Na ja, ein paar dutzend Jahre müsste ich schon jünger sein dafür. Aber vielleicht schreibt ja mal einer ein Drehbuch für »Der ältere Schlammmann«? Während ich meinen Zwischenbeinschmerz wegwimmere, entdecke ich einen Gegenstand, der mir Aufstiegschancen bietet: eine Leiter. Sie liegt irgendwo waagerecht in der Gegend herum. Eine Erinnerung findet aus den Tiefen meiner grauen Gehirnmasse in jenen Bereich, der sofort abrufbar ist. Eines schlechten Tages war ich beim Aufräumen dieses Gerätes nicht sehr erfolgreich. Jenes bemerkte ich jedoch erst während eines dunklen Spätabendausganges. Die Leiter lag an einem Ort, an dem ich sie nicht vermutet hatte und ihrer auch nicht ansichtig wurde. Sie war mir dadurch hilfreich bei einer Überschlagsübung.

An unserer Hausgiebelspitze gab es eine Stelle, die bei der letzten großen Verzierungsaktion nicht ausreichend berücksichtigt wurde. Diesem Mangel will ich nunmehr abhelfen. So wie ich aussehe, kann ich mich jedoch in höherer Position nicht sehen lassen. Also Schlamm runtergeduscht, angehost, Farbe und Pinsel geholt und die Steighilfe in eine für mich praktische Schräglage gebracht. Bereits von unten erkannte ich, dass auf mich wartende Problem. Nein, es war nicht die Farbe, welche sich künftig nicht mehr im Eimer ausruhen durfte. Obwohl meine Frau meint, es ist pfirsichfarben, sehe ich hingegen im Behältnis Matsch in Schweinchenrosa. Mein Problem ist jedoch vermessener Art. Das Haus hat eine Höhe von acht Metern, die Leiter leider nur sechs. Irgendwie muss es gehen, die Spitze des Hauses mit der Spitze des Pinsels zu erreichen. Stock an Pinsel anbinden, das ist die Lösung. In der einen Hand Eimer und Stock mit Pinsel dran, mit der anderen die Erfolgsleiter erklimmend. Die ersten zwei Meter geht es hervorragend aufwärts. Zwei Schmerzen lassen mich den Rückzug antreten. Bare Füße und schmale, kantige Aluminiumsprossen passen nicht zusammen. Also schnell noch ein paar Gartenclogs an meine Füße gebracht. Aber jetzt geht's so richtig los, aber hallo. Drei Meter und ich erkenne, dass sich der Boden weiter von mir entfernt. Vier Meter und ich frage mich, ob mir meine Eltern den richtigen Namen gegeben haben. Aber Weichfeige wäre besonders in der Schulzeit nicht so günstig gewesen. Ich denke, sie sahen diese Situation voraus und meinten bei der Namensgabe Nomen est omen. Fünf Meter und mein Blick richtet sich frei nach oben. Sechs Meter und die Haltegriffe sind alle. Ich sehe nach links unten. Oh, da geht es sechs Meter in die Tiefe. Ich blicke nach rechts unten und wie es der Zufall so will, geht es da auch sechs Meter nach unten. Sollte ich meine Haltung verlieren, brauche ich bei neunkommachteins Meter pro Sekunde Fallgeschwindigkeit nur etwas mehr als eine halbe Sekunde, bis ich den Boden erreiche.

Ich glaube, dass reicht noch nicht einmal für einen Spruch wie: »Ach du Sch…«. Das »eiße« wird bereits vom Aufklatscher übertönt. Ich schaue mich in der Gegend um, niemand da, der meinen Mut bewundert, niemand da, der mich bemitleidet. Der Eimer hält sich henkelhaft an dem letzten Stück Aluminium fest. Ich verkralle mich im Putz. Meine Fingernägel müssen sowieso mal wieder geschnitten werden. Nun den verlängerten Pinsel ins Rosa getaucht und das Schweinchen an die Wand gemalt. Fertig. Die Haftung des Eimerhenkels geht verloren und das rosa Schweinchen strebt in Fallgeschwindigkeit dem Boden entgegen. »So hätte es mir auch gehen können«, denke ich. Das Schwein ist tot, der Hartmut lebt. Ein nicht für alle tröstliches Ende der Geschichte.

Homeoffice

Homeoffice ist wie Aktivurlaub nur ohne den ganzen Reisestress.

Manche Arbeitgeber befürchten, dass ihre Mitarbeiter während der dienstlichen Zu-Hause-Arbeit tatsächlich Urlaub machen würden. Ich kann aus eigener Selbsterfahrung sagen: »Der Erholungseffekt hat sich auch nach mehreren Monaten Test am eigenen Körper noch nicht eingestellt«. Dadurch, dass die Direktkontaktablenkung durch die Kolleginnen entfällt, muss man tatsächlich dem eigentlichen Arbeitsauftrag nachkommen. Der Einzige, mit dem man sich zu wichtigen Themen austauschen kann, zum Beispiel, was es heute in der Kantine gibt, ist man selbst. Und die Antworten kennt man dann auch schon im Voraus: Stulle mit Brot.

Homeoffice ist, wenn die Katze auf die Tastatur hüpft und dabei interessante E-Mails verschickt. Fragemails kommen zurück: »Was bedeutet zuiopüüüüüüüüü?« Alles in Kleinbuchstaben. Dass man Wörter am Anfang auch großschreiben kann, muss ich der Katze noch beibringen.

Ein Teil meiner dienstlichen Tätigkeiten besteht darin, für andere Leute ihre Hausrechnungen zu bezahlen. Ehe sie jetzt nach meiner Adresse fragen, nein, privat zahle ich nur die eigenen Rechnungen.

Es kommt schon mal vor, dass ich auf dem Abort sitze und einen wichtigen dienstlichen Anruf von einem Bürger erhalte. Er berichtet mir, dass er seine Abwasserrechnung erhalten hat und er fragt, ob er sie mir zusenden kann, obwohl sie etwas höher als letztes Jahr ausgefallen ist. Das führt mich zu der Überlegung, ob es nach meinen größeren geschäftlichen Aktivitäten auch reicht, die kleine Spültaste zu nutzen. So lerne ich aus meiner Arbeit auch etwas für mein Leben. Zum Beispiel, dass man nicht mehr Geld ausgeben sollte, als man selber zur Verfügung hat. Ich wünschte, Politiker und andere Spekulanten würden auch so denken. Manch ein Speku, ich meine Politiker spekuliert auf eine mögliche Einnahmequelle aus der Nutzung der Autobahn und erteilt bescheuerte Aufträge für Vorbereitungsmaßnahmen. Mit den paar hundert Millionen Euro hätte ich so zwei oder drei Jahre auskömmlich leben können. Nun soll man ja nicht mit dem nackten Finger auf jemanden zeigen, wenn man selber im Glashaus sitzt. Also so viele Fenster haben wir nicht, dass man unser Haus als Glashaus bezeichnen könnte und außerdem kann ich mich nicht erinnern, wann ich das letzte Mal 560 Millionen Euro verschenkt habe. Einem anderen Politiker spahnte, dass Schutzmasken, anders als zuvor behauptet, doch gar nicht so schlecht gegen das Corona Virus schützen würden. Also bestellte er eine nach oben offene Menge zu einem Preis, der fünfundvierzigtausendfach höher ist als der Herstellungspreis. Auf fünf Jahre gerechnet, kostet die Herstellung in Deutschland einer FFP2-Maske 0,1 Cent, in China wahrscheinlich noch weniger. Wie herrlich ist doch das marktwirtschaftliche System. Politsatire ist an und für sich nicht mein Metier, aber manchmal muss man mal alles rauslassen, was einen drückt und was mich wieder zum Ort des Ablasses bringt.

Ich kenne Menschen, die telefonieren am liebsten auf dem Klo mit engeren Freunden und dass sehr ausführlich und sehr lange. Wahrscheinlich genießen sie die entspannende Atmosphäre, nachdem sie ihre Probleme fallen lassen haben und dass alles trotz der dicken Luft, die dabei entsteht.

Jetzt habe ich mich aber verfaselt, zurück zum Homeoffice. Das Schöne daran ist, dass man sich am Wochenende zu Hause von der ZU-Hause-Arbeit erholen kann. Dabei kann man so viel nicht erleben, dass daraus, was man alles nicht erlebt, eine lange Geschichte werden kann. In dieser Zeit der Massenquarantäne laufen besonders die Wochenenden viel ruhiger ab. Entschleunigung hat man sich vor anderthalb Jahren noch gewünscht. Man sagt ja auch: »In der Ruhe liegt die Kraft«. Meine Muskeln haben das noch nicht mitbekommen. Ich habe versucht die Waschmaschine mit einem Arm hochzustemmen, das hat nicht funktioniert. Ein Übel aber auch, dass die Muskeln diesen Ausspruch nicht kennen oder einfach nicht beherzigen. Aber mein Bauch kennt das Sprichwort. Für ihn trifft es zu. Er ist viel kräftiger geworden. Dabei würde ich gerade ihm sagen: »Du musst nicht jedes Sprichwort so ernst nehmen.«

Ich habe jetzt die Zeit und Muße mir meine Gedanken über das interessante Wesen Mensch zu machen. Warum kauften wohl die Deutschen während des ersten Lockdowns im Frühjahr 2020 so viel Toilettenpapier? Hatten Sie die Erwartung während der Zeit zu Hause sehr viel mehr, sehr viel Großes zu vollbringen? Oder halten sie sich gern an diesem ungestörten Ort auf? Die Franzosen haben lieber Kondome gehamstert. Na ja, der eine betätigt sich halt lieber auf dem Klo und der andere lieber im Bett. Jedenfalls muss es in Deutschland wohl eine ganze Menge Arschlöcher geben und in Frankreich eine Menge Leute, die Angst vor ungewollten Unterhaltszahlungen haben. Wobei - fehlendes Klopapier ist im Bedarfsfall gar nicht witzig. Einzelheiten über die dadurch entstehende Problemlage möchte ich den Lesenden ersparen.

Ab und zu höre und sehe ich auch Nachrichten, aber nicht zu viel, sonst wird die Birne weich. Nur die wirklich wichtigen Nachrichten. Zum Beispiel zu dem Thema möglicher Infektionsweg für Corona Viren:

»Es gebe demnach auch ein Potenzial für eine Übertragung über Fäkalien und die Aufnahme durch den Mund...« Also schaut bitte noch einmal nach, was Ihr Euch auf Euer Frühstücksbrötchen gelegt habt.

Ich hatte auch genug Zeit mir eine Lösung für die Weltgesundheit einfallen zu lassen. Meine Idee gegen das miese fiese Corona Virus habe ich veröffentlicht, aber bisher keine Rückmeldung über die Wirksamkeit bekommen. Dabei war es eine echte trumpsche Idee. Ich brauche auch keine Millionen Forschungsgelder. Ich nehme die gleich so ohne Forschung.

Und nun kommt die Lösung:

Ihr nehmt einen Personal Computer, Laptop, Notebook, Tablet oder Handy und stöpselt ein USB-Kabel daran. Das andere Ende kommt in irgendeine Körperöffnung (Mund, Nase, Ohr oder so [wo es am besten passt oder gefällt]) und dann lasst Ihr einen Virencheck durchlaufen. Das macht Ihr jeden Tag und vergesst das updaten nicht. Leider wurde mein Gedankenprodukt vom Patentamt abgelehnt.

Damit ist wieder eine Chance vertan, einen Fußabdruck irgendwo auf dieser Welt zu hinterlassen. Auch wenn es nur auf irgendeinem Arsch ist.

RR
Hiiauu...
RR

Die dreizehnte Geschichte

Die Dreizehn ist allgemein als Pechzahl verschrien. Gibt es dafür einen Grund? Nach meinen ersten zwölf Geschichten für das zweite Buch, wollte mir einfach nichts Amüsantes mehr in den Kopf kommen. Mannigfaltiges Ungemach wehte fröhliche Gedanken davon.

Mit Druck erreicht man bei mir gar nichts - nicht mal ich selbst, höchstens auf dem stillen Örtchen. Das Ergebnis ist da aber nicht so amüsant, also gar nicht und grenzt an überhaupt nicht.

Jede Rezession geht vorüber und so geschah es an einem Samstagmorgen, dass mich die bereits wärmende Frühlingssonne verstrahlte. Die aus der Erde brechenden Blumen und die vögelnden Vögel brachten mich auf andere und zwar amüsante Gedanken.

Ich guckte mich so in meiner mich umgebenden Gegend um und sah zwei Fliegen sich damit beschäftigen, dass sie umeinander herumflogen, sich dann hinsetzten, jedoch nicht nebeneinander, sondern aufeinander und sich miteinander vergnügten. Nach getaner unehelicher Verpflichtung flogen beide wieder ihre eigenen Flugbahnen. Mein Interesse an den Tätigkeiten dieser Fliegen erwachte und ich versuchte die Biografie einer dieser geflügelten Wesen zu ergründen. Als dreizehntes

Ei klebte sie mit ihren künftigen anderen Brüdern und Schwestern unter einem Holzbalken in einem Hühnerstall so vor sich hin. Irgendwann sagte die Natur zu ihr, 'Komm heraus aus deinem Ei und sieh dir die Welt an. Aber beeil dich.' Warum sie sich beim Gucken beeilen sollte, sagte ihr Mutter Natur aus psychologischen Gründen nicht.

Als Kinderspielplatz stand in den ersten Stunden ihres Erdendaseins der Hühnerhof zur Verfügung. Es gab wunderschön stinkende Kothaufen, die diese riesigen geflügelten Monsterwesen hinterließen und auf denen man hervorragend herumkrabbeln konnte. Als das zwölfte Geschwisterlein plötzlich im Schnabel eines dieser Ungetüme verschwand, dämmerte es der dreizehnten Fliege, warum sie sich beeilen sollte. In unmittelbarer Nähe stand eine Gartenbank mit Tisch davor, auf welchem ab und zu ein Brot mit einem süßen Aufstrich lag. 'Oh wie duftet das so schön', dachte sich die dreizehnte Fliege, 'davon hole ich mir was'. Die Fliegenfüßchen noch etwas verschlammt von den Hinterlassenschaften der Hühnervögel krabbelte das Fliegentier auf dem Marmeladenbrot herum. Eine wahrlich interessante Geruchskombination. Da kam ein neuer Duft bei ihrem Geruchsrezeptor an. 'Da muss ich hin', dachte sich die dreizehnte Fliege. Auf dem Weg zu dem von ihr erspähtem Hundehaufen stand eine Leiter. Mit ihrer geringen Gehirnmasse wusste sie dennoch, dass das Unglück bringt, unter einer Leiter hindurchzufliegen. Also flog sie über die Leiter hinweg dicht an einem Ast vorbei. Auf dem Ast saß versteckt hinter einem Blatt ein kleines Vögelchen und sperrte seinen Schnabel auf. Die Biografie der dreizehnten Fliege endet hier.

Diese Geschichte ereignete sich an einem zwölften Tag des Frühlingsmonats Mai. An einem zwölften Tag des Sehrspätherbstmonats Dezember ereignete sich eine andere dramatische Geschichte. Aus reiner Neugier, na gut ich lasse mal das »Neu« weg, verschafften sich keine Fliegen, sondern menschliche Wesen Einlass in unsere Privatgemächer. Trotz intensiver Suche fanden sie nur einige wertmindere Gegenstände, die sie offensichtlich als Einbruchstouristenerinnerung unentgeltlich mitnahmen. Diese Geschichte dient sehr gut als Nichtbeweis für die angeblich unglückbringende Zahl dreizehn.

Obwohl dies die dreizehnte Geschichte ist, fiel sie mir an dem neunzehnten des Überausspätwintertages März ein. Ich lief in meinem Zimmer auf und ab, um auf ein paar Gedanken herumzudenken. Da vernahm ich ein Geräusch, welches von unten aus dem Teppich kam: »Du hast so eine überaus körperliche Anziehungskraft auf mich«. Ich fühlte mich geschmeichelt und zog meinen Bauch ein und die Falten im Gesicht glatt. Gleich darauf hörte ich noch ein Geräusch, welches von mir selber kam. Es war ein klares und vernehmliches: »Jauuu«. Eine im Teppich versteckte Nadel hatte auf meinen nackten Fuß gelauert und sich im entscheidenden Augenblick mit ihm vereint. Ich vermute, die Vögel hatten mehr Glücksgefühle bei der Vereinigung mit den Fliegen. Ob die Nadel einen Orgasmus hatte, weiß ich nicht, bei meinem Fuß und dem Rest meines Körpers blieb das Glücksgefühl aus.

Es war definitiv die falsche Partnerwahl. Es war auch nicht der dreizehnte Tag des Monats, sondern der Neunzehnte. Ich muss meinem Fuß unbedingt noch Kalenderlesen beibringen und ihm einen Rat mit auf seinen Fußweg geben: »Hühneraugen auf bei der Partnerwahl«.

Pech
13. ?
17.
Freitag!
KALENDER

Die mysteriösen Fälle des Herrn Bäckermeisters

Neue TV-Serie in 5 Staffeln mit je 100 Folgen

Es gibt jede Menge Televisionsserien über Ärzte, Polizisten, Ahornstraßen, Liebesschnulzen, arme Leute, reiche Leute und Traumkähne. Wieso hat noch niemand eine Filmserie über Bäcker gemacht? Dabei steckt in der Bäckertätigkeit so viel Dramatik.

Die Arbeit eines Brot-, Brötchen- und Kuchenerschaffers ist von Geheimnissen wahrlich umwittert. Er lässt sich nicht gern bei seiner Tätigkeit zuschauen. Daher werkelt er des Nachtens ohne Aufsehen zu erwecken. Was hat er zu verbergen? Wenn es dem Morgen graut, hat er ein gutes Teil seines Werkes bereits vollbracht. Allerdings, ob es gut war, wird sich erst noch herausstellen.

Auch Bäckermeister fallen tatsächlich nicht vom Himmel, wenn sie nicht nebenbei als Fallschirmspringer tätig sind. Um den Titel eines Meisters zu erlangen muss man sich vom Brötchenschubser über den Semmelmasseur und den Head of Cake Manager hocharbeiten.

Auch wenn der Bäcker während seiner Arbeit lustig vor sich hin summt, einer wird dabei sauer. Den Schöpfer des angesäuerten Brotteiges erfreut dies umso mehr. Als Erschaffer ist er sozusagen eine Art Gott für den Brotlaib. Er nimmt einen Klumpen Teig und formt daraus Adam das Brot und Eva das

Brötchen. Ob Brot oder Brötchen noch ein Stoßgebet gen Ofen aussenden, bevor die heiße Phase ihres Lebens beginnt, ist mir nicht bekannt. Apropos heiße Luft. Woher hatte wohl der Cerealienveredler die Idee zur Erschaffung eines Nonnenfürzchens? War da wohl mal eine Nonne im Bäckereifachgeschäft und hat …?

Ein bisschen Horror darf in einer guten Serie nicht fehlen. Man munkelt, dass ein Meisterbäcker in grauer Vorzeit Menschenteile in dem Brötchenteig verarbeitet hat. Der Teig sollte damit elastischer und leichter knetbar und die Backware knuspriger werden. Als die Teile von den Menschen abgeschnitten wurden, waren Letztere noch am Leben. Na, es wäre auch echt gruselig, wenn der Bäcker für die Beschaffung seiner Zutaten nachts auf den Friedhof gehen müsste. Übrigens, die graue Vorzeit bestand noch während meiner Kind- und Jugendheit und sogar noch in der Postjugendheit. Ich wurde somit freiwillig oder unfreiwillig zum Kannibalen und ihr, die ihr euch im Spätmittelalter befindet auch. Zu all dem Schrecken wird in den Ladenräumen vielleicht auch irgendwo noch ein »Kalter Hund« oder ein lebender Kuchen herumliegen.

Der Spannungsbogen baut sich auf, wenn das Brot reif ist, um aus dem Backofen genommen zu werden. Wird der richtige Moment verpasst, erwartet die Laibe der sichere Verbrennungstod. Passiert dem Meister des Bäckerhandwerkes diese grauenerfüllende Tat des Öfteren, dann kommt noch ein Finanzskandal hinzu. Die Mächtigen schicken ihm den Vollstrecker, welcher mit einem scharfen Schwert ausgerüstet ist. Wie jedes berühmte Schwert, so hat auch dieses einen Schrecken heischenden Namen: »Enz-Insolv«.

Die Liebe darf selbstverständlich in einer Bäckeranschauserie nicht fehlen. An welche Form erinnern gleich die wohlgeformten klassischen Brötchen? Moment, ich hab's gleich. Ach ja, an einen Ar…, ich meine an einen Allerwertesten. Im Angebot sind Einschlitzbrötchen und Schlitzlose. Die Frauen sind hin und weg, wenn sie ein Brotpitt, einen »Bread-Pitt« erwerben können und die Omas holen sich eher den »kleinen Prinzen« ins Haus. Auch eine süße Hochzeitstorte mit zwei ineinander verschlungenen Herzchen verziert, ist wohl das Sinnbild der innigen Liebe zwischen Mann und Mann. Ja, ich bin mir dessen bewusst, dass auch Frauen sich miteinander vermählen und wenn es ganz dumm kommt, sogar Frau und Mann miteinander. Letzteres kann sich durchaus zu einer Tragödie entwickeln. Und wer hätte dann Schuld? Der Bäcker!

Abenteuerlich geht es zu, wenn er versucht seine gebackenen Werke an die Leute zu veräußern. Wird die Torte so lecker sein, dass sie auf einem Tisch und dann in irgendeinem Magen landet oder doch eher in <u>dem Gesicht des Tortendesigners</u>? Werden Revolutionäre seine Brötchen als Wurfgeschosse, statt der Pflastersteine, verwenden? Mit brötchenähnlichen Objekten aus dem Supermarkt funktioniert das nach zwei Tagen Lagerzeit wunderbar. Das habe ich selbst schon nicht ausprobiert. Ob wohl so ein »Affenpups«, oder anders genannt Bananenbrot, der Kundschaft entgegengeweht werden kann? Kaufen Männer öfter ein »Kraftmeierbrötchen« oder doch lieber ein »Kornkracher«, sodass sie es wenigstens zu Hause mal so richtig krachen lassen können, auch wenn es nur auf dem Klo ist? Für eine niedlich benannte Backware, wie zum Beispiel »Goldis«, »Wulfis«, »Röggilis«, »Röggelchen« oder für die Vegetarier die »Biosinchen«, gibt die begehrte Kundschaft gern ein paar Euro mehr aus. Ob die »Grießis« nur für griesgrämige alte Stoffel produziert werden und warum es auf dem flachen Land auch »Stadelspitze« gibt, weiß wohl nur der Semmelknecht.

So, jetzt ist Schluss. Ich habe keine Zeit mehr. Jetzt setze ich mich hin und schreibe die Drehbücher für die ersten einhundert Folgen: »Die mysteriösen Fälle des Herrn Bäckermeisters«.

Demnächst in ihrem Fernsehprogramm.

Ich bin in Trauer

Ich bin in Trauer. Es ist von mir gegangen. Und das nicht geräuschlos. Etwa fünfunddreißig Jahre war es mein treuer Begleiter. Es war der Helfer in der Not. Mein gutes altes Handrührgerät AKA Polyfix aus DDR-Zeiten.

Nette Bekannte spendeten mir ihr aufrichtiges Mitgefühl. Ob sie während der schriftlich geäußerten Mitleidsbekundungen auch aufgerichtet waren, entzieht sich meiner Kenntnis. Ich wollte auch nicht nachfragen, wie aufrecht sie waren.

RIP AKA Polyfix

Einer hatte einen Schlag mit Rat für mich. Ich sollte dem Rührgerät mal eine Chance geben. Fünfzehn Kilo Stollenteig mit einem altersschwachen Elektroquirl kneten? Das ist zumindest sehr ambitioniert. Die Chance war sein Ende. Das Geräusch, welches er bei seinem Ableben machte, war ungefähr so, wie wenn man es mit dem Kuppeln beim Gangeinlegen während des Autofahrens nicht so genau nimmt.

Alle Wiederbelebungsversuche waren leider erfolglos. Auch schmieren hilft nicht immer, musste ich bei einem Blick in sein Innerstes und einer ausgiebigen Fettbehandlung seiner triebhaften Eingeweide feststellen. Nun kommt das in die Jahre gekommene Teil in eine Sammelstelle für die Alten. Dann werden ihm alle wertvollen Innereien entnommen und der Rest im besten Fall einer Feuerbestattung zugeführt. Ich suchte in meinen Unterlagen nach einem Ersatzteilspendenausweis. Im

Zweifelsfall wird sein Einverständnis zum Spenden vorausgesetzt. Ich kann mich nicht erinnern, dass der AKA Polyfix der Entnahme seiner edelsten Teile jemals widersprochen hätte. Im schlimmsten Fall erhält das Rührgerät irgendwo in Afrika ein namenloses Grab auf einer Müllkippe. Dieses Endzeitszenario ist allerdings sehr rührend. Vielleicht hatte es das schon geahnt und war deshalb zu Lebzeiten bereits sehr aufrührerisch. Ja, früher war es ein quirliges Kerlchen.

Eine bis dahin treue Begleiterin war in den letzten Lebensminuten anwesend: die Rührschüssel. Allen meinen Erwartungen zum Trotz konnte sie meine Trauer nicht nachvollziehen. In den guten Zeiten bewegte sie sich oft mit und versuchte in Einigkeit mit der Rührmaschine den Tischrand für ein abfälliges Abenteuer zu erreichen. Jetzt blieb sie ruhig stehen, keine Regung, keine Emotionen.

Ich musste mich schnell trösten. Die Stollenteigzutaten hatten es eilig, sich miteinander zu vereinigen. Etwas Handgematsche ist ja ganz gut, vor allem muskelkräftigend, aber auf maschinelle Hilfe wollte ich dennoch nicht verzichten. Chinesen waren so nett und haben mir im Auftrag einer großen deutschen Firma ein neues Handrührgerät hergestellt. Mich irritiert, dass diese Firma auch im Waffengeschäft sehr aktiv ist. Vielleicht sollte ich jenes Gerät vor meiner Frau verstecken. Eventuell gibt es ja beim Einsatz nicht nur rührende Momente.

Wenn ich beispielsweise den Mixer im Turbobetrieb langsam aus der Teigschüssel ziehe, hat das eine enorme Streuwirkung, welche gestalterischen Einfluss auf die Kücheneinrichtung und wahrscheinlich auch auf mein weiteres Zusammenleben hat.

Samstagfrüh

Endlich mal ausschlafen bis ich selbst aufwache und nicht mein Wecker dafür sorgt. So dachte ich. Meine Katze jedoch nicht. Fünfuhrdreißig ist genau die richtige Zeit um ihr die erste Mahlzeit zu verabreichen, meint sie miauend. Ich versuche das Katzentier zu ignorieren. Sie kennt das schon und hat ihre eigene Strategie entwickelt um meine Auferstehung herbeizuführen.

Dreißig Messer im Besteckkasten und keines trifft, denke ich noch im Bett liegend, als ich höre wie die Katze die Tapete von der Wand kratzt.

Ich rufe die Katze und hoffe sie lässt von der Wand ab. Das klappt. Ihre dritte Offensive: sie kommt angeschnurrt.

Erst Ermahnung, dann die Peitsche, dann das Zuckerbrot, das ist ihre Methode.

Das wirkt und ich bin über meine eigene Faulheit froh und dass die Katze meine Mordlüsternheit besänftigt hat. Faulheit kann eben durchaus seine Vorteile haben, vor allem ist sie lebensrettend für die Katze.

Ich stehe auf, torkele die Treppe herunter, fülle den Futternapf mit glibberigem Zeugs und schleppe mich wieder nach oben ins Bett. Nach dieser Anstrengung schlafe ich wieder gut ein.

Das ganz von allein Erwachen geht so gegen neun Uhr vor sich und dauert mindestens, also ungefähr, na eben etwas länger.

Nach der Katze erlebt der Badspiegel meinen ersten morgendlichen Anblick. Ich bin froh, dass er diese Belastung überstanden hat. Die Wiedergabequalität des Spiegelbildes ist aber nicht zufriedenstellend. Den Knopf für die automatische Entfaltung haben die Erschaffer des live gegenbildgebenden Gehänges nicht angebracht.

Mit Kaffee, Frühstücksbrötchen und Zeitung bewaffnet nehme ich den Terrassenstuhl in Besitz. Zwischen heißem Kaffee Schlürfen, vom Marmeladenbrötchen Abbeißen, lese ich mein Horoskop. Horoskope helfen einem auf die richtigen Gedanken zu kommen, wenn man selbst nicht so richtig weiß, was man am Tag so machen soll.

Was steht denn da unter Zwillinge: »Das, was Sie heute zu sehen bekommen, müsste Sie ja eigentlich in Ihrer Absicht, einen Schlussstrich zu ziehen, bestärken.«

Ich überlege: Die Katze war das Erste, was ich heute zu sehen bekommen habe. Vielleicht wäre es ja nicht aufgefallen, wenn ein Messer im Besteckkasten gefehlt hätte. Den zweiten Platz teilen sich gleich zwei: der Spiegel und mein Abbild. Den Spiegel würde wohl meine Frau vermissen. Ob sie auch mein Abbild vermissen würde, weiß ich nicht. Ich kann mir ja mal einen Sack über den Kopf ziehen und abwarten, was sie sagt. Ich habe die Befürchtung, dass Sie so etwas denken würde wie: »Jetzt ist der Alte total durchgeknallt«. Ab und zu hat meine Frau auch mal Recht.

Wem also gilt denn nun dieser Schlussstrich? Was könnte mir das Horoskop damit sagen wollen? Und woher kennt mich dieses Weissagungsdingens eigentlich und weiß, was gut für mich ist?

Also wenn ich die Katze ins Jenseits befördern würde, wäre das gewiss nicht gut für mich. Dafür würde meine Frau schon sorgen. Und den Spiegel zerdeppern wäre nicht gut für meine Geldbörse, denn wir bräuchten dann einen neuen. Ob der dann besser funktionieren würde, ist auch fraglich. Na und mich über den Jordan zu befördern, das wäre meiner weiteren Lebensgestaltung auch sehr abträglich.

Da fällt mir ein, dass ich ja noch etwas gesehen habe: das Horoskop.

Schlussstrich

Der Tod

Über den Tod eine Geschichte zu schreiben ist gar nicht so leicht. Schließlich spreche ich da, wie das Wildschwein von einer Glashütter-Taschenuhrreparatur. Da ich den Tod noch nicht erlebt habe, kann ich keine eigenen Erfahrungen dazu beisteuern. Ich befürchte auch, wenn es dann mal so weit ist, dass ich aus selbst Erlebtem -nein Ertotetem- berichten kann, fehlt mir das Papier und ein Schreibgerät. Und mit der Veröffentlichung dürfte es auch problematisch werden. Wenn ein Verlag mit einem Toten einen Vertrag abschließt und der Tote hält sich nicht daran. Womit will der Verlag dann drohen? Mit dem Tod? Besser in lebendem Zustand eine mutmaßliche Abhandlung verfassen. Ich bin nicht der Erste, der etwas aufschreibt, wovon er keine Ahnung hat und werde unwohl auch nicht der Letzte sein. Ich kenne niemanden, den ich fragen kann, der den Tod schon erlebt oder überlebt hat. Es gibt Menschen, die von Nahtoderfahrungen berichten. Aber eben nur nah dran. Das ist wie beim Lottospielen, wenn eine Zahl daneben war und man nicht den Jackpot abgeräumt hat. Ui, der Vergleich hinkt wohl schon auf zwei Füßen. Am besten diesen Teil überlesen.

Nun habe ich zwar keine Ahnung von dem Thema Tod, dafür aber einen starken Glauben. Ich glaube zu wissen und das ist immerhin mehr, als wenn man über gar keine Kenntnisse darüber verfügt.

So ein Tod dauert eigentlich ganz schön lange. Manche sprechen da von einer Ewigkeit. Das ist lange, mindestens so lange wie unendlich lange. Und dann nur so rumliegen in einer Holzkiste oder einem Keramikbecher, immer dunkel und nichts los. Also das stelle ich mir doch recht langweilig vor. Da wäre es doch besser als Flugasche zerstreut zu werden. Man fliegt mal hierhin und mal dahin. Mal einem in die Nase um bei einem folgenden Nieser wieder ausgeprustet zu werden und bei einem Straßencafé auf einem Stück Sahnetorte zu landen. Da ist wenigstens was los, da ist Action. So eine Bestattung aus dem Flugzeug ist in Deutschland nicht erlaubt. Was aber nun, wenn ich als fliegendes Ascheteilchen eine Grenzerfahrung habe und nach Deutschland einfliege. Bin ich dann illegal eingeflogen und müsste zurückgeführt werden? Ich hoffe, dass sich meine Ascheflugbahn nicht mit der Flugbahn eines Vogels kreuzt und wenn doch, dass der dann wenigstens seinen Schnabel nicht so weit aufreißt. Ich möchte nicht noch nach meinem Ableben für das Verenden einer Nebelkrähe verantwortlich sein.

Oder man geht zu den Plainsindianern und lässt sich auf einem Baum bestatten. Da kann man von dort schön in die Landschaft gucken und den Vögeln zuschauen wie sie einem die Einge… Ups, jetzt wird es martialisch, ekelig und P18. Nee,

nee, das ist auch doof. Vielleicht ist es ja besser, man geht kurz vor dem Ableben noch zu den Buddhisten. Da dauert der Tod nicht so lange, weil man ja wiedergeboren wird. Ich glaube aber gehört zu haben, dass man sich das nicht aussuchen kann als was man wieder geboren wird. Als Millionär wieder geboren zu werden, wäre ja ganz gut aber als Made nicht so unbedingt. Da kommt dann ein Vogel und pickt einen zum Frühstück auf und dann ist man schon wieder tot. Das finde ich dann schon wieder ganz schön hektisch. Wenn ich dann als Vogel wiedergeboren werde und zum Frühstück eine Made habe, dann wäre noch zu ergründen, ob das vorher ein mir unliebsamer Mensch gewesen ist. Das hätte dann wenigstens einen Sinn und würde Rachegelüste befriedigen. Noch mal drüber nachdenken, denke ich.

Faszinierend finde ich eine Plastination. Da wird man in ein Monument aus Plastik umgestaltet und steht dann in voller Schönheit in irgendeiner Ausstellung herum. Von viele Leuten wird man beguckt und bestaunt, wie klein denn so manche Körperteile sein können. Wenn ich allerdings daran denke, dass irgendwelche Teenys Witze über mich machen und ich mich noch nicht mal verbal wehren kann, dann weicht die Faszination über die Plastination auch schon wieder.

Man kann sich auch in den Weltraum schießen lassen. Na jedenfalls 7 Gramm der Asche. Dann hat man noch die Wahl ob man als Sternschnuppe verglühen will und sich die Leute etwas dabei wünschen. So etwa: »Hoffentlich kommt er nicht wieder«. Oder man lässt sich auf den Mond schießen. Das wäre dann der Aschemann auf dem Mond oder die Aschefrau. Soviel Gendergerechtigkeit muss sein.

Pfiffig finde ich auch die Diamantbestattung. Da wird ein Teil der Asche zu einem Diamanten zusammengepresst. Wenn mich dann eins meiner Kinder an seinem Finger trägt, mit dem Diamanten eine Scheibe eines Juweliergeschäftes zerschneidet um sich einen neuen Diamantring zuzulegen, kann es wenigstens sagen: »Mein Papa war's.«

Dann gibt es ja noch die Seebestattung. Eigentlich ist das so wie bei der Flugasche, nur dass man nicht auf der Sahnetorte landet sondern im Wasser. Es wäre also hilfreich zu Lebzeiten noch das Schwimmen zu erlernen, soweit man dieser Auf-dem-Wasser-Bewegung noch nicht mächtig ist. Ansonsten erhält man einen nicht kostenfreien Tauchkurs. Über die Kosten müssen sich dann allerdings die Erben Gedanken machen.

Eine europäische Baumbestattung finde ich ganz attraktiv. Fleisch und Knochen und viel Fett wird mittels Erhitzen zu Asche umgestaltet, dann in einen Pappkarton verfüllt und schließlich zwischen den Wurzeln eines Baumes begraben. Da kann man dann so ganz langsam als Nährstoffzugabe in den Baum einfließen. Hernach kann man sich daran erfreuen, dass es sich die Vögel auf den Ästen des Baumes bequem machen und lustige Lieder singen. Warum muss eigentlich der Tod immer etwas mit Vögeln zu tun haben? Vielleicht, weil einigen Vögeln eine gewisse Affinität zum Tod nachgesagt wird. Das Käuzchen soll wissen, dass bald jemand stirbt. Der Uhu soll angeblich Verbindungen zur Unterwelt haben und Krankheiten, Hunger und Krieg herbeirufen.

Wenn ich dann gestorben bin, erhalte ich dafür noch eine Urkunde. Den Begriff Urkunde verbinde ich immer mit einer Auszeichnung. Das soll dann also so viel heißen wie: »Herzlichen Glückwunsch, dass Sie verstorben sind.«

Das ist das Ende.